虛位王權

03

All Hell Breaks Loose

三雲岳斗
MIKUMO GAKUTO

[插畫] 深遊
MIYUU

Kadokawa Fantastic Novels

CHARACTER
京太
Kyouta
鳴澤八尋
Narusawa Yahiro
凜花
Rinka
蓮
Ren
希理
Kiri
穂香
Honoka

絢穗
Ayaho
瑠奈
Runa
儘奈彩葉
Mamana Iroha

CHARACTER
相樂善
Sagara Zen
清瀧澄華
Kiyotaki Sumika

風龍的巫女
Ira
風龍的不死者
Ira
舞坂雅
Maisaka Miyabi
山瀨道慈
Yamase Douji

茱麗葉・比利士
Giulietta Berith
珞瑟塔・比利士
Rosetta Berith

安德烈亞・比利士
Andrea Berith
讓茱麗葉還有
珞瑟塔那種瑕疵品
見識妳跟她們
有什麼不同！
恩莉凱特・比利士
Enriqueta Berith

03
All Hell Breaks Loose

THE HOLLOW REGALIA

The girl is a dragon.
The boy is the dragon slayer.

被揭開的過去。

虛位王權

THE HOLLOW REGALIA

Kadokawa Fantastic Novels

STORY／CHARACTER

——名為日本的國家已遭滅亡的世界。

弒龍少年與龍之少女成了最後倖存的日本人，在廢墟都市「二十三區」相遇。

弒盡八龍，選定新的「世界之王」的戰鬥就此揭幕。

比利士藝廊

根據地設在歐洲的貿易公司，經銷兵器與軍事技術為主的死亡商人。

擁有用於自衛的民營軍事部門。贊助者是比利士侯爵家。

鳴澤八尋
Narusawa Yahiro

不死者

淋了龍血而成為不死者的少年，為數稀少的日本人倖存者。獨自以「拾荒人」身分將古董及藝術品從隔離地帶「二十三區」搬運出來，謀生至今。一直在尋找於大殺戮失蹤的妹妹鳴澤珠依。

儘奈彩葉
Mamana Iroha

使役魍獸的少女

於隔離地帶「二十三區」中央存活下來的日本少女，在倒塌的東京巨蛋故址與七名弟妹一起生活。感情豐富且容易落淚。擁有支配魍獸的特殊能力，因此被民營軍事公司盯上。

伊呂波和音
Iroha Waon

茱麗葉・比利士
Giulietta Berith

天真爛漫的格鬥家

軍火商比利士藝廊的營運長，珞瑟塔的雙胞胎姊姊。中裔東方人，但是目前將國籍設於比利士侯爵家根據地所在的比利時。擁有超乎常人的體能，在肉搏戰足以壓倒身為不死者的八尋。性格具親和力，受眾多部下仰慕。

珞瑟塔・比利士
Rosetta Berith

冷酷的狙擊手

軍火商比利士藝廊的營運長，茱麗葉的雙胞胎妹妹。擁有超乎常人的體能，操控槍械尤有天賦。與姊姊呈對比，個性沉著冷靜，幾乎不會表露感情。大多負責部隊的作戰指揮。溺愛姊姊茱麗葉。

喬許・基根
Josh Keegan

開朗的前警官

比利士藝廊的戰鬥員，愛爾蘭裔美國人。原為警官，因為某種因素遭到犯罪組織索命。輕薄言行雖多，身為戰鬥員卻屬優秀。

帕歐菈・雷森德
Paola Resente

美麗的女戰鬥員

比利士藝廊的戰鬥員，墨西哥出身。原為女演員，業界至今仍有許多她的戲迷。為照顧留在故鄉的家人，將多數薪水用於貼補家用的苦命人。

魏洋
Wei Yang

性情穩重的復仇者

比利士藝廊的戰鬥員，中國出身。父親為政府高官。在調查父親遭謀殺有何真相的過程中得知統合體的存在，便加入了比利士藝廊。雖是溫和的美男子，發飆就會很恐怖。

統合體

目的在於保護全人類免受龍帶來的災厄的超國家組織。據說不僅繼承了過去龍出現的紀錄及記憶，還保有為數眾多的神器。

鳴澤珠依
Narusawa Sui

地龍巫女

鳴澤八尋的妹妹。有能力將龍召喚至現世的巫女，引發大殺戮的始作俑者。當時所受的傷導致她的身體會不定期陷入「沉眠」。目前受到「統合體」保護，將自己提供給他們當成實驗體以換取庇護。

奧古斯托・尼森
Auguste Nathan

統合體的使者

非裔日本人醫師兼「統合體」的探員。負責護衛鳴澤珠依，一方面助她實現願望，另一方面則把身為龍之巫女的她當成實驗體利用。

耶克托爾・萊馬特
Hector Raimat

軍火商

世界屈指可數的軍火廠商「萊馬特國際企業」的會長。擁有爵位的正牌貴族，被稱作伯爵。為了獲得龍血帶來的不死之力，將研究設施提供給尼森，另一方面也在覬覦彩葉。

序幕 Prologue

穿過蒼鬱茂密的竹林後，有一片優美的街景。

感覺不像現代景象的奇妙都市。

如棋盤般劃分成格子狀的街道上，木造的精緻房屋井然有序。

位於都市中心的則是讓人聯想到古時平安宮的成群紅漆建築。

有一名女子背對那些建築，站在寬闊的大路上。

彷彿從童話故事跑出來，身穿豪華和服的美女。

「喲……妳就是妙翅院的公主？」

山瀨道慈朝著女子用粗魯的語氣問道。

髒兮兮的工作褲與釣魚背心。氣息與獵犬有幾分相像，氣質恰似攝影師的男子。

鬍渣使他顯老，墨鏡底下的真面目卻意外年輕。

握在右手上的數位攝影機於此刻仍不停地繼續記錄著街道的影像。

「我嚇了一跳，沒想到現在的日本還保留有這樣的都市。之前我以為是哪裡蓋的主題樂園。」

山瀨緩緩望了杳無人煙的街道一圈，並且把攝影機鏡頭朝向女子。

女子的容貌相當出眾，但這點因素並不會擾亂山瀨的情緒。山瀨會顯露驚訝之色，是因為她帶了一頭猛獸。

長著老虎般的身軀以及猿猴臉孔的巨大怪物。

「何況這裡竟是被魍獸們保衛的城市。究竟有什麼樣的玄機……耐人尋味。」

山瀨用怪罪似的語氣朝她問道。

魍獸——外觀有如古代神話中所述的幻獸，來路不明的一群怪物。

有這樣的怪物大量出現，導致名為日本的國家分崩離析。

可是，這座小巧而奇妙的城市受率領眾魍獸的女子保護，所以唯有這裡免遭摧毀。

「這座京城禁止攝影喔。」

率領魍獸的和服女子——妙翅院迦樓羅用莫名親暱的語氣告訴山瀨。

「啥……？」

她的台詞與現場極為不協調，讓山瀨有些錯愕。因為發言的內容太合乎常識，無法與她帶著駭人魍獸的身影連結在一起。

「未經許可就進城的行為恕難接納。請你留下攝影器材，立刻從這裡離去。」

迦樓羅並沒有扯開嗓門，而是溫和地微笑著提出警告。

數位攝影機在山瀨手中發出了嘎吱聲。在這座瘋狂的城市裡表現得太正常，突顯出她有多麼異樣。山瀨對此感到焦躁。

「妳穿著不錯的衣服呢，公主。」

山瀨背後有聲音傳來。

用帶刺目光對著迦樓羅的人，是與山瀨搭檔的記者——舞坂雅。

雅在過去是以電視台主播的身分活躍，大殺戮後就與山瀨組成搭檔，並且向全世界持續播報日本的現狀。

這樣的舞坂雅動氣了。迦樓羅不食人間煙火而又獨善其身的態度惹怒了她。

「妳明白外界的狀況嗎？當你們天帝家在這種地方貪圖安寧時，日本國民已經全部遭到殺害了！」

「……所以呢？」

迦樓羅納悶似的微微歪頭看向雅。

「啥？」

「妳想叫我們怎麼辦？」

迦樓羅由衷不解般反問的模樣，讓雅說不出話來。

妙翅院迦樓羅身為過去被奉作日本象徵的家族的女兒，對日本人幾乎被屠殺殆盡一事並沒有任何痛癢的感覺。

「我對你們沒有什麼期待啦。為政者都一樣，全是些只顧自保的庸俗傢伙。無論在任何時代，即使放諸全世界也沒有差別。」

山瀨代替說不出話的雅做了回答。

持續運作的數位攝影機正確實地將迦樓羅的從容表情捕捉入鏡。

「不過，我要向全世界報導你們的那副模樣。畢竟這就是我的工作。」

「對世界來說，不明白真相也是一種幸運。」

迦樓羅略顯落寞地垂下目光。接著她摸向點綴於胸口的深紅寶珠。

「——話雖如此，盲目相信自身正義之輩大概無法理解吧。」

「我就是看不慣妳那種自以為世故又瞧不起民眾的嘴臉啦！」

山瀨瞪著看開似的微笑的迦樓羅，吼了出來。

而在山瀨背後，雅微微倒抽一口氣。

「道慈！」

「怎樣？什……！」

山瀨循著雅的視線看去，也跟著察覺到。

面朝大路的建築物屋頂上有新的魍獸現出了蹤影。

而且並不只一兩頭，大大小小共計兩百頭以上——多得簡直數不盡的魍獸正定睛俯視著山瀨他們。

彷彿在牽制與迦樓羅敵對的兩人——

「她在操控魍獸？不，它們全都被馴服了嗎……！」

雅用畏懼的眼神望向迦樓羅。

假如迦樓羅馴服的魍獸只有一兩頭，當成例外也不是無法讓人接受。

可是，倘若她率領著數量這麼多的魍獸，那就沒有存疑的餘地了。在這裡的眾魍獸全都受到妙翅院迦樓羅支配，迦樓羅具備操控魍獸的異能。

這樣的她不可能與侵襲全日本的猛獸大量出現毫無關係。

「有意思……這可是天大的獨家消息！」

山瀨用亢奮的語氣叫道。

有幾頭魍獸朝他露出了獠牙並縱身躍起。

樣貌有如類人猿的巨大蜥蜴。要是被那凌駕於灰熊（Grizzly）的巨大身軀壓上來，人類根本招架不住吧。

「雅！」

然而山瀨不慌不忙，還把手裡的數位攝影機扔給雅。接著他從腰際拔出了獵刀。他用那把閃著金屬光澤的刀朝虛空橫掃猛劈。

縱使獵刀尺寸大，全長仍不足三十公分。這樣的間距實在搆不到魍獸們。

儘管如此，彷彿有一道無形利刃疾揮而過，映於山瀨視野裡的魍獸全被斬開了。四肢及肉體被砍斷的怪物噴灑出瘴氣斃命。

同伴被殺之後，眾魍獸似乎完全將山瀨認定為敵人了。

它們發出貫耳的咆哮，從四面八方朝山瀨殺來。

即使如此，結果依舊相同。山瀨每次揮刀，它們都會遭到大卸八塊，然後化為塵埃消逝。眼睛看不見的破壞旋風正無情地屠滅那些魍獸。

「舞坂雅……風龍(Ira)的巫女。這樣的話，你就是不死者(拉撒路)山瀨道慈嗎？」

迦樓羅望著數量逐漸減少的魍獸，一邊淡然嘀咕。

迦樓羅的嗓音並不顯得驚訝。因為她從最初就知道，只有龍之巫女與獲得其庇護的不死者才能闖進被魍獸守護著的「京城」。

山瀨把獵刀指向迦樓羅。

他並沒有動真格想殺身為採訪對象的迦樓羅，但也不必在對方毫髮無傷的狀態下捉住對方。讓迦樓羅傷到無法動彈——山瀨抱著這種打算發動神蝕能(Regalia)。

然而，山瀨釋出的風刃卻在觸及迦樓羅之前就霧散了。

包覆在她四周的微光將山瀨的攻擊抵銷。

「難道說，那顆勾玉……是寶器（Regalia）？」

迦樓羅胸前的勾玉像火焰一樣散發著搖曳光芒。

察覺這一點的山瀨驚呼。連不死者的神蝕能都可以防禦的寶珠，除傳聞中的「象徵寶器」之外，絕不做他想。

「妙翅院家的女兒為什麼會代代相承迦樓羅之名呢？讓我向你闡述當中的理由。」

迦樓羅無視山瀨的問題，逕自碰觸了深紅的勾玉。

隨後，紅蓮火焰便籠罩她的全身。

耀眼奪目的火焰覆蓋了山瀨的視野，進而擴散至城市的大路附近。

宛如深紅巨鳥展開火翅。

「所謂的迦樓羅就是金翅鳥（Garuda）——如火焰般散發熱與光，誅滅惡龍的神鳥。」

迦樓羅將寶珠捧在胸前，微笑著望向山瀨。

霎時間，山瀨全身受到恐懼支配。

山瀨反射性地揮下獵刀，以全力解放神蝕能。

然而山瀨釋出的暴風連迦樓羅的一縷髮絲都無法動搖就消滅瓦解了，彷彿遭到熊熊燃燒的火焰吞噬殆盡——

「我們的風……居然被淨化了……！」

冷汗濡濕山瀨的背，本能敲響了警鐘要他傾全力從現場逃跑。

可是，迦樓羅的攻擊比那更快。

「——燒光這一切，【焰】。」

迦樓羅的左手劃過虛空。

纏繞著她的火焰化成利刃，殺向山瀨他們。

山瀨想用本身的「風」予以相抵。可是，火焰來勢未減。

「啊啊啊啊啊啊啊啊——！」

尖叫聲從雅的喉嚨迸發而出。山瀨驅散迦樓羅的火焰以後，讓她受到了波及。

山瀨趕向被火焰洪流席捲的雅，並將她抱到懷裡。

「雅！妳振作一點，雅！」

受到延燒的火焰燒灼，山瀨冒出了痛苦的聲音。

他拚命想擺脫，糾纏雅的火焰卻不會消失，宛如具備意志的蛇在蠢動，毫不留情地燒傷她的肌膚。

「妙翅院……迦樓羅————……！」

山瀨恨得臉孔扭曲大吼。

迦樓羅則用憐憫的目光俯視著山瀨他們。

她身負的火焰羽翼將幻之京城染紅。

名為寶器的深紅勾玉受火焰照耀，形影詭異地搖曳著。

†

漆成灰色的運輸機機體穿過雲層，逐漸接近地表。

備有四座渦輪螺旋槳引擎的戰術運輸機，只追求實用性的粗獷軍機。

然而，唯有駕駛座背後的一角散發著異樣氣息。

機體擁有者下令，高級商務噴射機用的豪華座椅與闊氣家具就被帶到這裡了。

僅有一席的那張座椅上坐著年輕男子——銀髮的白人男子。

配戴著昂貴飾品又身穿名牌西裝的他，在看似傭兵的乘員當中顯得格格不入。唯獨男子本人沒察覺那有多麼異質，也沒發現部下的視線。

「——安德烈亞大人，機體即將著陸，請您準備。」

有個女性坐在男子旁邊，用缺乏抑揚頓挫的嗓音朝他喚道。

東方血統的嬌小少女，年紀約為十六七歲。相貌端正，卻沒什麼人味，氣質有如人偶。
「真受不了，總算到了嗎？」
男子擱下斜舉的酒杯，深深嘆息。
對習慣坐頭等艙旅行的他來說，搭乘吵鬧又搖晃劇烈的軍機移動十分令人不耐。
「沒想到我居然會被迫踏上這種位於東方盡頭的島國，實在不愉快。」
話說完，他看向窗外。
眼底下可看見荒涼的廢墟市容。機場的跑道亦受損嚴重，據說不靠加強過降落裝置的軍機便難以著陸。
但那也無可奈何。
連要整頓機場都沒有勞工能著手，畢竟這個國家的居民絕大多數早在四年前就由於大殺戮而滅絕了。
「哎，算啦。在這塊土地成為新王應該也不錯。寶器……對妳那些人偶姊姊來說是暴殄天物。妳不這麼認為嗎，恩莉凱特？」
男子露出挖苦的笑容朝少女問道。
「是的，安德烈亞大人──安德烈亞．比利士大人。」
少女面不改色，機械性地點了頭。

亮澤黑髮當中僅有一撮染成黃綠色的瀏海輕盈地晃了晃。

男子滿意地頷首，將剩下的紅酒一飲而盡。

接著他用手帕擦拭染紅的嘴脣。

那條手帕上的刺繡是仿效王冠、馬以及惡魔身形設計的標誌——

軍火商比利士藝廊的徽章。

03 All Hell Breaks Loose

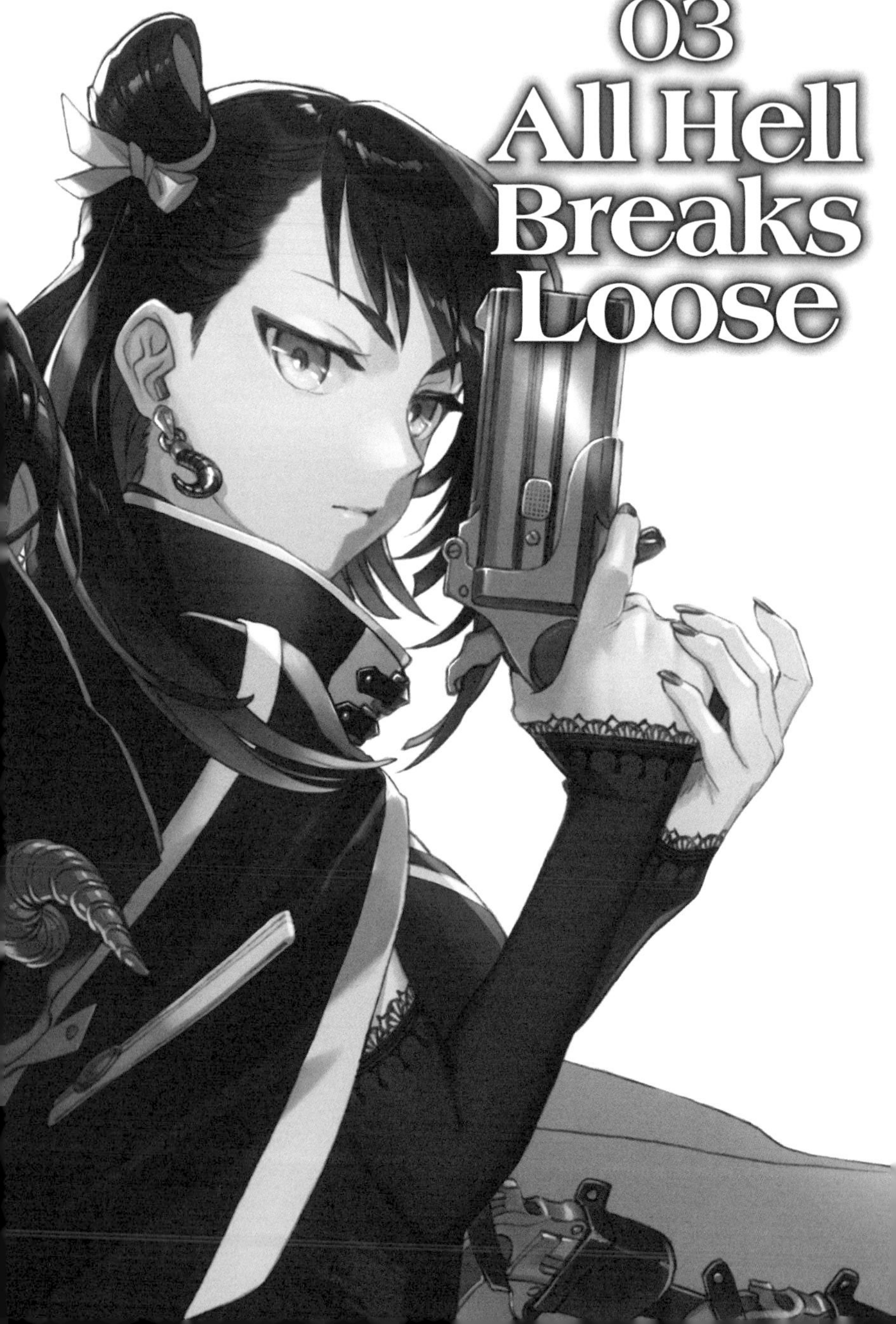

THE HOLLOW REGALIA

Presented by
MIKUMO GAKUTO
Illustration
MIYUU

第一幕　揭露祕密

THE HOLLOW REGALIA

CHAPTER.1

1

那個人，突然出現在我的世界。

二十三區──

在過去被稱為東京的廢墟當中，他將血味與災難帶進了那裡的小小世界。

「妳還好吧？有沒有受傷？」

那就是他對我說的第一句話。

他拚上性命，救了我這個受野生魍獸襲擊的陌生人。並不是靠士兵那樣的槍，而是只憑一柄日本刀就以血肉之軀將魍獸砍倒了。

面對這樣的他，我什麼都沒能回答。

因為我覺得眼前發生的事情並不像現實。

理應滅絕的日本人少年會以血肉之軀對抗魍獸，救了差點被殺的我，簡直像特攝片裡的英雄。

連我那些年幼的弟弟也不會夢想有這種便宜的好事吧。

然而，他出現了，還帶著我們這群兄弟姊妹到了外頭的世界。

從那天起，他在我心裡成了英雄。

儘管我自己扮演的並不是陪伴在英雄身邊的公主——

而現在，我的英雄只穿了件短褲，毫無防備地站在測量儀器上。

†

「一百七十六公分七毫米……體重與之前比沒有改變呢。」

佐生絢穗用結結巴巴的語氣唸出了身高體重計畫面顯示的數值。

八尋則懷著難以言喻的心情聽她說。雖然這並不是被人曉得會造成困擾的數字，讓年幼的少女幫自己量身高體重還是難免有點害臊。

「抱歉，讓妳陪我做健康檢查。」

八尋為了排遣尷尬，就向忙著記錄的絢穗道歉。

軍火商比利士藝廊的隊員宿舍裡，替戰鬥員（Operator）準備了醫務室。按照契約，八尋身為不死者，每兩個月就要向藝廊提供一次有關健康狀態的數據。基於幹部（珞瑟）那能用的人手連小孩都要人盡其用的方針，絢穗就被找去幫忙測量了。

「啊，不會。我很高興有自己能做的工作。畢竟我們平時都依靠彩葉姊姊，什麼也做不到。」

絢穗緊張地抬起臉，並且使勁搖頭。

十四歲的佐生絢穗是在化為廢墟的東京跟儘奈彩葉生活的小孩之一，在彩葉的弟妹當中最為年長。

身為龍之巫女彩葉的家人，他們受到比利士藝廊保護，但年紀還小，作為勞動力缺乏價值的絢穗等人立場堪憂。因為這樣，她才會努力想在能力所及的範圍內盡量幫忙吧。

然而八尋聽了她說的話，露出略顯疑惑的臉色。

「彩葉有可靠到讓你們總是依靠她嗎？」

儘管彩葉擁有龍之巫女的特殊能力，在私生活方面卻挺窩囊，反而是年紀小的絢穗等人看起來懂事得多。

「咦……啊……這個嘛……大概有吧。」

絢穗似乎心裡也有數，擁護彩葉的話就說得不靈光。

八尋見狀忍不住噗哧笑出聲，絢穗也跟著苦笑。多虧如此，她的緊張似乎多少緩和了。

「哦～～……八尋比起剛來這裡時，長高了約一公分啊。哦～～……」

茱麗越過絢穗的肩膀偷看八尋的身高數值，並且意外似的嘀咕。

身為比利士侯爵家的女兒，她在比利士藝廊是執行幹部。從性情善變的貓咪般的外表想像不到，在藝廊遠東分部地位最高的人其實是她。

「怎樣啦？」

八尋看她莫名佩服，就納悶地問了一句。

茱麗回望八尋，刻意用正經的語氣說道：

「沒有啊～～我在想原來你也會長高。」

「不然縮水的話還得了。之前我最後一次量身高是在國中，所以這樣長了差不多十五公分喔。」

「那倒是耐人尋味的情報。」

臉孔跟茱麗一模一樣的東方少女始終面無表情地說出了感想。同為藝廊執行幹部的她是茱麗的雙胞胎妹妹，珞瑟。

「哪裡耐人尋味？很正常吧？」

「不，那是非常寶貴的數據，因為可以當成不死者也會成長的證據。」

「換句話說，表示八尋即使不會死，也不是不會變老喔。」

「啊……原來妳們是這個意思嗎……」

經過珞瑟與茱麗交互說明，八尋總算明白她們倆為什麼表示有興趣了。

八尋淋了龍血變成不死者以後，即使身受失去大半肉體的重傷，時間一過還是可以復活。可是，其再生的機制絲毫不明。

假如不死者的能力是全然不老不死，往後無論過幾年，八尋依舊會是現在這副模樣，因為免於老化也等於不會成長。

然而八尋的肉體在成為不死者以後仍會隨年齡成長。

就表示不死者的肉體至少是會老化的。確實如珞瑟她們所說，稱得上耐人尋味的情報。

「不過，也有可能是等你成長至某個程度，老化就會跟著停止。雖然那樣的可能性不太高——」

珞瑟慎重地繼續說下去。

八尋意外似的蹙眉。

「為什麼妳能那樣斷言？」

「因為過去理應存在的不死者，至今都沒有被尋獲，儘管他們遺留的『象徵寶器』已經被後人繼承。」

「啊……」

八尋對珞瑟的回答表示接受。倘若不死者真的不老不死，如今他們應當仍活在某處。既然未能發現舊世代的不死者，表示將不死者想成並非不會老應該是妥當的。

「哎，熟人都死光以後，只剩我一個人活著也滿乏味的。假如有可能衰老死掉就還像樣點。」

「你這樣說好嗎？會變老也表示你有可能禿頭耶。」

茱麗賊笑著點出問題。八尋嗤之以鼻說：

「啊，那倒不會。我家的血統沒人禿頭啦。」

「那可難說喔。」

「都說不會禿了！妳那是什麼若有深意的眼神！」

一旁的絢穗看八尋賭氣回嘴，就忍不住嘻嘻笑了出來。

八尋臉色尷尬地走過房間，把手伸向自己扔在脫衣籃的T恤。

既然體重已經量好了，沒必要一直以半裸的模樣晃來晃去。八尋介意茱麗她們不規矩的視線，並隨手套上T恤。

隨後，有東西從脫衣籃裡滾落，掉在地板上發出清脆的聲音。是宛如鍵盤敲擊樂器的鏗然聲響，聲音來自一顆孩童的拳頭般大的石頭。

像寶石一樣發亮的深紅色石頭。

「呃，八尋哥哥，這個……」

絢穗蹲下撿起了那顆紅色石頭。

「妳幫我撿了嗎？不好意思。」

「哪裡。好漂亮的石頭。」

絢穗把石頭遞給八尋，並且感動似的嘀咕了一句。

霎時間，八尋的嘴角有一絲扭曲，彷彿小孩在忍著不哭的表情。

「漂亮嗎……也是。」

「八尋哥哥？」

「抱歉。我稍微想起了留下這東西的人，因為這類似遺物。」

「你是說……遺物？」

絢穗訝異地瞠目。

八尋微笑著對她頷首。

這顆深紅色石頭是蒙受山龍（Vanagloria）庇護的不死者——神喜多天羽留下的「象徵寶器」，從流動於她體內的龍血所產出的結晶。

八尋不明白這顆結晶的價值，可是他也無法脫手轉讓。話雖如此，感覺找地方擺著當裝飾也不對，所以他不假思索地塞進口袋之後就一直像這樣帶在身邊。

「呃，不嫌棄的話，我幫你做個東西裝吧，方便你隨身攜帶。」

絢穗態度客氣地說道。她的提議讓八尋感到有些意外。

「意思是像護身符錦囊那樣嗎？這麼說來，記得妳很擅長縫紉？」

「並不算擅長就是了，但我喜歡縫東西。彩葉那些服裝也都是我做的。」

絢穗難為情地低下頭，不過她說的話顯然是在謙虛。彩葉影片裡所用的服裝，無論造型或縫紉工夫都遠比市面上賣的衣服好。

「是嗎？那就麻煩妳嘍。這先交給妳保管。」

「啊，好。我會好好保管的。」

絢穗從八尋那裡收下結晶，然後愛惜似的緊握著收到自己的包包裡。

八尋無心間望著這幕景象，就注意到桌上擱著小小的塑膠容器。那是抽血完畢的抽血試管。

「這是？」

「剛才珞瑟小姐跟彩葉姊姊抽的血，說是要在藝廊的總部分析……」

「珞瑟說的？」

八尋聽了絢穗的回答，便帶著嚴肅的臉色瞪向珞瑟。

「妳要拿彩葉的血做什麼？總不會跟萊馬特那些人一樣，想拿去當法夫納兵的材料？」

「怎麼會。」

珞瑟面不改色地搖頭。

「那只是普通的血液，用那種東西沒辦法製作F劑。」

「是嗎……？」

「F劑的材料是靈液（Ichôr）——龍之巫女在覺醒狀態的血。」

「覺醒狀態？」

「八尋，我記得你也有看過吧，在橫須賀。」

茱麗口氣輕鬆地朝疑惑的八尋說道。

八尋腦裡浮現了少女化成美麗異形的模樣。

「難道妳是指知流花……？」

山龍巫女三崎知流花失去了人類肉體，變成可稱作龍人的模樣。

未能回歸人型的龍——知流花化成美麗龍人的模樣，確實跟F劑製造出來的蜥蜴人（Lizard Man）有共通之處。

「我們並沒有技術（Know-how）能從覺醒前的龍之巫女身上取得靈液，而且那終究不能當成兵器來賣。證明這一點的不是別人，正是你——」

珞瑟用毫無感情的眼神望向八尋。

八尋獨自一人就殲滅了萊馬特企業研發的法夫納兵大隊。

注入過量F劑而失控的萊馬特企業會長也被八尋與彩葉打倒了。

研發費用高昂且取得困難，既有失控的危險，其戰力又連單單一名不死者都不及。沒有軍隊會想要那種缺陷過多的兵器。確實如珞瑟所說，藝廊並不需要F劑。

「不然，你們抽彩葉的血是為了什麼？」

「為了確認被稱作龍之巫女的人們，其肉體與正常人相同。」

珞瑟淡然回答問題。茱麗也和氣地點頭說：

「八尋，這對你來說也一樣喔。無論龍之巫女或不死者，肉體都跟正常人沒有差異。換句話說，即使普通人因為某種契機覺醒成龍之巫女也一點都不奇怪。」

「藝廊的目的，就是要調查那所謂的契機嗎？」

八尋望著裝了彩葉血液的抽血試管，靜靜地吐了氣。

被稱為神蝕能的權能，還有召喚具備龐大重量的龍。光是如此就可以知道被稱作龍之巫女的那些少女是顛覆既有物理法則的超凡存在。

而要解開龍之巫女的祕密，關鍵在於她們的血液。

八尋比任何人都明白這一點。畢竟淋到龍之巫女的血——鳴澤珠依的血，正是讓他成為不死者的契機。

「說到這個，彩葉呢？她跑去哪裡了？」

八尋突然想到似的問了絢穗。

絢穗為難地垂下眉尾。

「彩葉姊姊在訓練室。」

「訓練？彩葉是要幹嘛？」

「呃……她說量體重前要先穿汗蒸服去跑一下……」

「那傢伙把自己當成過磅前的拳擊手了嗎？」

絢穗看八尋一臉傻眼地嘀咕，就露出了微微的苦笑。

隨後，匆忙的腳步聲響起，醫務室的門被使勁推開了。大驚失色衝進房間裡的人，是個抓著愛用的手機流得滿身汗的少女。

「八尋！你在嗎，八尋！」

「……彩葉姊姊？」

「……欸，我說啊，妳那是什麼打扮？」

絢穗看見彩葉的服裝而冒出困惑的聲音，八尋也板起臉嘆息。

彩葉現在穿的是白T恤配深藍色短褲，簡直像國中生從事社團活動時會穿的服裝。理應

加在外面的汗蒸服，似乎在途中就因為太熱而脫掉了。

多虧如此，她的肌膚與內衣線條都從汗濕黏在身上的T恤裡透了出來。然而，彩葉彷彿沒空介意這些，只顧著將手機舉到面前。

「那種事情之後再說啦！現在不是管那些的時候！你看這個！」

彩葉用興奮的口氣說道。

八尋看著她舉到自己面前的手機，並且蹙起了眉頭。

上頭顯示著熟悉的畫面。彩葉身為業餘直播主，用「伊呂波和音」的名義發表影片的頻道。

「妳的頻道怎麼了嗎？」

八尋歪過頭反問。頻道並未上傳新拍的影片，乍看下似乎也沒有什麼不同之處。

然而，彩葉急得舌頭打結地說：

「百、百……百……」

「……百？」

妳是在打嗝嗎？八尋歪頭心想。彩葉則回望八尋，並且高高舉起手機，驕傲地高呼：

「我的影片觀看次數破百萬啦～～～～～～～——！」

2

大概是彩葉實在興奮過頭，她喊完以後就像貧血發作一樣當場搖搖晃晃地倒下。

絢穗一語不發地蹲到彩葉身邊，用毛巾替滿身大汗的她擦拭。貼心的妹妹跟令人遺憾的姊姊形成對比。

「觀看次數破百萬？妳說和音的影片嗎？」

八尋接過彩葉的手機，用半信半疑的語氣嘀咕。

伊呂波和音絕對算不上有人氣的直播主。她發表的影片數量雖多，觀看數卻統統只有幾十次。和音的外表不算差，癥結在於她那些影片的內容一點也不有趣。

這樣的她會在一夜之間達成影片觀看次數破百萬——說來實在難以置信。

然而，彩葉賊賊地露出自信的笑容再次起身。

「沒錯。我剛才一看就發現破百萬了！你看！已經一百一十萬了！」

「欸……我明明提醒過那麼多次，要妳別炫耀自己做過的壞事或講出歧視性發言……」

「等一下！你為什麼會把我引火上身當成前提！」

彩葉心急似的向八尋抗議。

「還問為什麼，觀看次數成長沒別的理由吧……」

「不是啦！你看，觀眾都有給我點讚！」

「會不會……是顯示介面失靈呢？」

絢穗用認真的語氣喃喃說道。原來如此——八尋也跟著認同。與其相信是和音的影片觀看次數突然成長，當成系統出錯還比較自然。

「我猜是技術高超的駭客在鬧吧？」

「也有可能是網站本身被綁架了。」

茱麗與珞瑟各自提出隨便想到的原因。

「為什麼啦！無論怎麼看都是正常的人氣爆紅吧！不只這部影片，連我以前上傳的那些觀看次數都有成長耶！」

彩葉一邊捲動手機畫面一邊氣急敗壞地拚命強調。

確實如她所說，和音的影片觀看數統統有了急遽成長。就連起初抱持疑心的八尋也跟著正色探頭看向畫面。

「……不會吧？」

「哎呀～～我的才華終於被世界發現了呢。這樣八尋身為老粉絲也有面子嘍。高不高興？高不高興？」

八尋猜疑這背後會不會有內幕，反觀彩葉則是心情大好。看彩葉無比驕傲的模樣，八尋心想「這傢伙真煩」並咂了嘴。

「觀眾人數增加的這波趨勢……說不定是被具影響力的外部網站，或者其他直播主提到了呢。」

「妳的意思是有人介紹了彩葉的這些影片？」

珞瑟冷靜的分析讓八尋發出了「嗯」的低吟。

的確，說來並非不可能，亦能說明彩葉那些影片突然成為話題的現狀。問題是，和音的影片被人用什麼方式介紹——

「這一則意見……有點讓人介意呢。」

茱麗難得用認真的語氣嘀咕。

「意見？」

八尋想起影片留言欄的存在。彩葉用的影片發表網站有讓觀眾留言表示意見的功能。配合影片的觀看次數，留言的感想也急遽增加了。內容大多是「好可愛」、「獸耳」、「大」之類針對和音外貌或服裝的意見。

然而，有一部分留言寫到了正常影片絕對不會出現的異樣字眼。

大殺戮，還有跟龍有關的意見。

「咦！為什麼？這是怎麼一回事！」

彩葉先前應該也沒有連意見欄的內容都確認。隨著彩葉讀過觀眾寫下的意見以後，她的臉色便逐漸發青。

「我、我的名字被寫出來了！」

「名字？意思是妳的本名曝光了嗎？」

八尋回望疑惑的彩葉，臉色也跟著多了幾分嚴肅。

彩葉是用伊呂波和音的名義活動，本名當然沒有對外公開。和音穿上奇特服裝外加彩色隱形眼鏡、假髮的裝扮，想必也沒有人能跟彩葉本尊聯想在一起。連八尋身為熱情觀眾，當初見面也有好一陣子都沒發現彩葉就是和音的幕後真身。

「元凶是這裡吧……有人提到『我是從山道的影片連過來的』。」

拿自己手機端詳意見欄的茱麗唸出了一則留言。

「山道？」

「那個人是專門爆料的直播主呢，還滿有名喔。」

彩葉立刻回答八尋的疑問。

「……專門爆料？」

「那個人的影片滿有趣的。好比知名政治人物的醜聞，或者大企業的負面事蹟，他都經手一些危險的題材。」

「……為什麼那種人會盯上妳？說這話不好聽，但是和音毫無知名度耶。就連尋常家庭拍的寵物影片都還比較有社會影響力。」

「我總不會比寵物還不如吧……不會吧？」

彩葉嘸起嘴脣回嘴。然而她沒有堅決反駁，可見她似乎也認為自己的知名度並不足以被專門爆料的直播主盯上。

不過，那終究是從直播主的立場而言。

對知道彩葉原本價值的人來說，她的影響力並非一般政治人物或企業可比擬。

「有了，就這個。山道CHANNEL。」

茱麗搜尋到構成問題的影片頻道，就把手機畫面轉向八尋等人。

八尋看了顯示出來的影片標題，因而微微倒抽一口氣。

「『引發大殺戮的龍之巫女』——他定這種標題？」

「不會吧……為什麼……」

以往理應都掩蓋著的龍的情報被對方向全世界公開了。

這項事實讓八尋受了動搖。畢竟大殺戮的原因公開出來，就等於珠依所犯的罪——還有八尋沒能阻止她的罪被揭露了。

而且，彩葉同樣受到動搖。

彩葉瞪著自己被影片拍到的身影，憤怒得發抖。

「為什麼他是用我素顏穿家居服時的影像！總有拍得更好看的照片吧！」

「妳最先在乎的居然是那個嗎！」

八尋看著彩葉氣憤的臉龐，傻眼地吐了槽。

對彩葉來說，比起自己的底細被揭露，不樂意被看見的照片被播出來似乎才是大問題。

彷彿雪上加霜，絢穗看過影片介紹的彩葉個資，就微微發出了一聲「啊」。

「彩葉姊姊，妳被當成有小孩了耶。」

「為什麼！無論怎麼看，正常都會認為是姊妹吧！」

影片介紹到的是彩葉抱起最年幼的妹妹——瑠奈的模樣。兩人的年齡正好差十歲，但要說是母女，看起來也勉強說得通。

「這下不妙呢。」

「是啊，相當不妙。」

與憤慨的彩葉形成對比，茱麗與珞瑟這對雙胞胎冷靜地對彼此點了頭。她們的表情嚴肅無比。

「為什麼妳們會說不妙？」

感到意外的八尋提出了問題。

和音的真面目被公開，對彩葉來說應該是大問題。

就算如此，要說到彩葉本身是否有遭受損失，那倒不好說。目前日本遭到世界各國的軍隊分據統治，並不是一般人能隨便入境的地方。彩葉不用擔心會被媒體追著跑，或者被惡質的粉絲尾隨糾纏。

何況這次的爆料影片感覺對比利士藝廊的活動也不會有影響。

雙胞胎姊妹卻不滿地搖頭。

「以往龍之巫女的情報都被統合體掩蓋著。因為認真相信龍實際存在的人有限，暫且沒有構成問題——」

「但之前發生了山龍的騷動啊。」

「意思是已經有一群人篤定龍實際存在了嗎……」

八尋也隱約看出茱麗她們會繃緊神經的理由了。

眾多士兵及傭兵目睹了山龍擊沉好幾艘艦艇，進而襲擊美軍基地。當然，分據統治日本的各國軍方高層也會掌握到這項情報才對。

以往知道有龍存在的人僅限於部分政治人物及軍方高官，所以統合體能夠跟他們接觸，並控制不讓情報外流。

如今龍的目擊者卻超過十萬人。

雖然不曉得統合體具備多大的影響力，但要將那些人全數封口是不可能的。而且既然有人知道龍的存在，山道這名直播主的爆料影片可信度便會飆升。

「會把這段影片照單全收的人應該不多，不過肯定會有人想抓住彩葉好確認她的底細。統合體要全盤壓制那些有心分子，應該也是無能為力。」

珞瑟提出了既悲觀又現實的預料。

「意思是，彩葉『又會被盯上』？」

「是的，還是在長相與名字被全世界知曉的狀態下。」

「另有一個棘手的問題喔。看完這段影片，你有沒有發現什麼？」

茱麗把手機畫面遞到八尋面前。

影片裡拍到了彩葉穿著平時土氣的運動服，躺在長椅上大口吃點心的模樣。這對八尋來說是看慣的景象。

無論是彩葉所躺的長椅造型，或者背景拍到的磚牆——

「原來這段影片……拍的是藝廊的部隊宿舍嗎……！」

「不會錯。這個叫山道的直播主人就在附近喔，八成現在也是。」

「呃……換句話說，我是遭人偷拍了嗎？」

彩葉簡潔地表達出自己身處的狀況。

說成偷拍頓時給人低俗的感覺，卻也未必不貼切。畢竟揭發彩葉身分的直播主甚至沒被藝廊戰鬥員發現就拍到了彩葉的身影，並將影片公開到全世界。

「被得知彩葉目前所在地固然棘手，不過反過來思考，或許就會是個機會。只要我們能逮住這個直播主，就可以利用他攪亂情報。」

珞瑟用不帶感情的語氣告訴眾人。

「簡單說，找出這個偷拍的傢伙就行了吧？」

「說得沒錯。找手邊有空的隊員也一起幫忙，把狗仔揪出來。」

茱麗斬釘截鐵地斷言，八尋也點頭表示：不得已嘍。

說來著實麻煩，但既然有這個叫山道的直播主在糾纏彩葉，就不能坐視不管。為了彩葉的安全著想，非得防止情報繼續流出。

八尋等人開始散發出緊繃的氣息，反觀——

「嗚嗚……我還以為自己的才華好不容易被世人認同了……」

彩葉如此說著，洩氣地垂下肩膀。

3

在彩葉針對影片觀看次數嚷嚷的隔天——

八尋等人與未值班的戰鬥員分頭並進，要著手搜索偷拍者。

「他真的是從這種地方拍攝的嗎？離藝廊的部隊宿舍近兩公里遠耶。」

八尋爬上能俯瞰橫濱港的小山丘，並向身旁的茱麗提問。

橫濱市，舊山手地區。這個地區據說過去曾是外國人居留區，在大殺戮發生前一直是知名觀光地。

然而，這塊別具風華的土地如今已經蓋起了成排指望做傭兵生意的攤子與酒館，變成一條詭異的商店街。

八尋與茱麗會拜訪這舊山手地區，是因為他們取得了跟偷拍者有關的重要情報。珞瑟分析過彩葉的偷拍圖，便斷言犯人是潛伏在這一帶。

「最近的狙擊步槍連有效射程超過兩千公尺也不稀奇喔。換成小珞的話，這點距離她就算倒立都能射中。」

茱麗對八尋的問題做出答覆。

「不是，她再厲害也沒辦法倒立狙擊吧……沒辦法吧？」

八尋也曉得路瑟是優秀的狙擊手，但在接近步槍射程極限的條件下，他不認為路瑟能用那種胡鬧的姿勢成功狙擊。

不過，八尋也無法想像她狙擊失手的模樣就是了——

「既然是能狙擊的距離，要攝影也是拍得到的喔。」

「畢竟在英文裡都叫shoot嘛。」

「反過來說，犯人之前隨時都能狙擊彩葉。」

「什……」

茱麗點出的事實讓八尋不禁停下了腳步。

狙擊與偷拍有許多共通處。對方可以從兩千公尺遠的地方拍攝彩葉，要從相同距離對她發射子彈恐怕也並非不可能。

八尋原本以為那只是個直播主就小看對方，似乎現在才體認到自己犯了天大的錯誤。

「……欸，慢著。所以，難道路瑟留在隊員宿舍是為了……」

「偷拍者未必不會跟狙擊手聯手啊。姑且要提防——」

茱麗的話還沒說完，八尋等人身邊就響起了東西碎裂的聲音。

伴隨著模糊的慘叫聲，有個男子從建築物屋頂滾落。

男子手裡拿著裝了巨大望遠鏡的攝影機。然而，他的鏡頭碎散，攝影機本身也被轟掉半台。狙擊步槍的子彈遙遙飛來，精準地只射穿了男子架好的攝影機。

用不著確認就知道，是路瑟下的手。

「反狙擊（Counter Snipe）嗎？連偷拍都要賭命呢。」

「排除敵方斥候，這在戰場上可是常有的做法。」

茱麗看著嚇得縮成一團的偷拍者，並且淡然說道。

路瑟發射的子彈精準地只射穿攝影機，除了從屋頂摔下來時造成的傷，偷拍者幾乎沒有大礙。就算這樣，神經正常的人應該不會想再用攝影機對著藝廊的隊員宿舍吧。

只要狙擊手（路瑟）有意願，要射穿腦袋而非攝影機也是可行的。

遭到狙擊的偷拍者應該比誰都清楚這一點。

「那傢伙就是叫山道的直播主？」

「是的話就好辦了，但我猜大概不是。因為直播主本人應該了解彩葉的重要性，也料到藝廊會為了保護彩葉而展開反擊吧。」

「妳的意思是，對方不會傻得像這樣毫無防備地偷拍？」

八尋望著倒地的偷拍者並嘆息。

「畢竟受先前的爆料影片影響，已經有組織及企業為了收集情報聚集而來。他八成是受僱於那些人的偵察兵。那邊交給小珞處理就好了。」

茱麗說著便無邪地笑了笑。

彷彿在佐證她說的話，又有步槍子彈飛來的動靜。

鏡頭被射爆的聲音響起，手舉毀損的攝影機的男子從停在路肩的卡車貨架上頭摔落。珞瑟擊退了第二名偵察兵。

「偵察兵未免太多了吧？」

「表示龍之巫女就是那麼受注目啊。」

八尋傻眼似的嘀咕，茱麗就用應付的語氣回話。

實際上，大概就如茱麗所說，但接連發生這麼多騷動，最要緊的山道本人會不會早就躲起來了？八尋這麼心想。

「那個直播主要是對珞瑟的狙擊起了戒心而溜掉，要怎麼辦？」

「那可傷腦筋嘍～～要是有慌忙開溜的人影就好了。」

「不可能那麼巧就被我們發現有那種可疑又好認的傢伙吧……」

八尋乏力地吐了氣。

而當著八尋等人眼前，有微微的尖叫聲突然傳出。

朝聲音傳來的方向猛一看，有個年輕女子倒在地上。

被珞瑟狙擊的偷拍者同夥在開溜之際，似乎推倒了毫無關聯的她。某方面來說，她形同受到八尋等人的行動波及。

對方恐怕是在採買途中，有罐頭從她掉的紙袋當中滾了過來。八尋反射性地蹲下，撿起了滾來的罐頭。

「妳還好吧？有沒有受傷？」

八尋拿著撿起的罐頭，朝倒下的女子問道。茱麗賊笑著看這一幕，但在這種情況下總不能不過去攀談。

「謝謝你。我只是嚇了一跳。」

女子仰望八尋，露出了柔和的微笑。

她是個黑長髮的東洋人，年齡約為二十過半，是給人空靈印象的苗條美女。右半張臉被頭髮遮著，卻還是能清楚看出她有張端正的臉蛋。

她的服裝恰似民眾會有的氣息，看來不像軍方人員或民營軍事企業的戰鬥員。八尋覺得女子就像日本仍然和平時那種正在休假的女藝人。

「哪裡。幸好妳帶的東西都沒事。」

八尋幫忙把罐頭裝回紙袋，還扶女子起身。接著他把掉在地上的枴杖交給對方。她似乎是左腳行動不便，所以用了一根金屬製的拐杖。

「喂喂喂，雅，妳什麼時候勾搭上那種年輕男生了？」

當八尋幫女子將拐杖裝好時，背後傳來搭話聲。

揮揮手接近過來的是個三十歲左右的東洋男子。

「沒禮貌，道慈。明明是他幫了我。」

「是嗎？那不好意思嘍。我的夥伴給你添麻煩了，小弟。」

被稱作道慈的男子說著就露出白牙，揚起嘴角笑了笑。

來者個子雖矮，卻有種讓人聯想到獵犬的精悍印象。

膚色曬得相當黑，體格也結實。然而，感覺倒不像軍人。體育選手或者冒險家，這便是他給人的第一印象。

「不過，這種商店街旁邊居然會發生槍戰。雖然我聽過傳聞，城裡還真危險。」

道慈望著散落的攝影機碎片，傻眼似的說道。

八尋感到有些意外而挑眉。

「難道說，你們不是這座城市的居民？」

「對呀。找到了一點賺錢的商機，才剛回來而已。」

道慈愉悅地瞇起眼。

「剛回來？」

「是啊。畢竟我跟雅本來是這個國家的人。」

道慈指著黑髮女子說道。

八尋驚訝地倒抽一口氣。

「你也是日本人？」

「會這麼問，表示小弟你也一樣吧。說不上來為什麼，我就在想會不會是這樣。」

道慈愉快似的笑逐顏開。

「真虧你們之前都沒事耶。」

「關於這一點，應該說彼此彼此吧？」

面對八尋的疑問，道慈含糊其辭。

四年前，龍的出現，與伴隨而來的魍獸大量出沒，導致全世界掀起了針對日本人的殺戮風潮。世界各國的首腦及宗教領袖，還有全體民眾都被強烈的殺意附身，甚至不惜出動軍隊將日本人屠殺殆盡。

「細節就別談啦。從那種烏煙瘴氣的狀況活了下來，彼此都發生過不少事吧。我的本行是戰場攝影師，原本自認跑過全世界危機四伏的地方，卻沒想到自己的國家會消失滅亡。這也算和平養成的駑鈍吧。」

「攝影師？」

道慈故作事不關己的言詞讓八尋表情僵住。

正在尋找偷拍者的八尋面前出現了自稱攝影師的男子。更何況，他還表示自己是發現賺錢商機才回到日本，感覺當中奇妙的吻合不會單純出於偶然。

「我說啊，小弟……你認不認識這個妞？」

道慈朝顯露戒心的八尋拿出了一張照片。

從影片擷取印刷的停格畫面，上面拍到的無疑就是彩葉。

「……她是誰？」

八尋壓低聲音問道。

「這個妞啊，最近因為影片造成了話題。聽傳聞，她好像也在橫濱，我們才期待在這附近遊蕩是不是就能碰見——」

「你為什麼會向我打聽……？」

「呃，畢竟要是遇過這麼可愛的女生，在地方上的男生之間自然會傳開吧？」

道慈用裝蒜的口氣說道。一瞬間，八尋驚愕地皺起臉。

「你們找到她之後打算做什麼？」

「——有一夥人在找她。我們算是那夥人的代理者。」

替道慈答話的人是雅。

彷彿在認同她所說的話，道慈深深地點了頭。

「就這麼回事。我們類似於受聘找人的私家偵探。」

「原來如此。」

八尋吐出了壓抑著的一口氣。

有組織或企業要打探彩葉的底細，就委託了道慈等人調查她。

道慈他們跟彩葉同為日本人，考慮到他們對於橫濱地緣的了解，這套說詞未必不合理。

「假如我們幫忙找到了那個女生，是不是也能分報酬？」

茱麗不動聲色地插話。

道慈毫不猶豫地點頭，還從口袋裡拿出了筆記本。他流暢地寫了些東西，然後撕下那一頁遞給茱麗。

「當然行。我會幫忙知會上頭的雇主。有發現什麼的話，就寄郵件到這個信箱。」

「明白嘍～～我叫茱麗，大叔你呢？」

「大叔……？」

茱麗這句話似乎讓道慈受到意想不到的傷害，他不甘心地悶哼。

「我叫道慈，山瀨道慈。然後，那邊那個裝年輕的女人叫舞坂雅。」

「我可是真的年輕，才沒有裝喔。」

雅一派淡然地這麼說，並朝八尋投以微笑。

「我叫鳴澤八尋。」

八尋冒出複雜的情緒，也報上名字。好不容易遇見倖存的日本人，卻因為他們在打探彩葉的底細而無法坦然感到高興。

「掰啦，茱麗和八尋，我等你們聯絡。」

山瀨道慈並未發現八尋內心的糾葛，還露出親切的笑容說道。

八尋瞪著兩人離去的身影，一語不發地咬了脣。

4

跟山瀨兩人分開不到五分鐘，兩輛疾馳而來的輕裝甲車就緊急停到八尋他們身旁。急得像要破門下車的是比利士藝廊的那些戰鬥員。

「公主，妳沒事吧！」

裝備著突擊步槍的喬許．基根一臉急迫地朝茱麗搭話。

「喬許……？」

八尋杵在原地，茫然望著同伴們的模樣。

喬許等人全都穿上護身裝甲，還帶了槍械全副武裝。他們看起來顯然殺氣騰騰，讓無關的路人、攤商們都嚇得板起臉孔。

「不愧是小珞，安排得真快呢。」

另一方面，茱麗毫未表現出驚訝，還看似滿意地望著聚集而來的戰鬥員們。看來派喬許等人過來的是珞瑟，而茱麗也明白其中理由。

「並沒有演變成戰鬥，所以不要緊。沒問題的，對方應該也沒想到會在這種地方遇見八尋，這次大概只打算露個臉吧。」

茱麗用歡快的語氣說明，喬許等人聽了便跟著放鬆。

只有八尋一個人搞不懂狀況，他帶著不滿的臉色瞪向茱麗。

「什麼狀況？妳說的露臉是指？」

「八尋，你沒發現嗎？山瀨道慈跟你一樣，是不死者喔。」

茱麗用若無其事的語氣說道。

八尋無法理解茱麗跟自己說了些什麼，還一臉糊塗地回望她。

「山瀨道慈是……不死者？那麼，那個叫雅的人……」

「舞坂雅，她是風龍『依拉』的巫女。聽說他們違抗天帝家而遭到肅清了，原來還活著呢。」

「風龍巫女……」

八尋感到背部不寒而慄。

山瀨道慈若是不死者，應該也會用神蝕能。強大程度足以造成天搖地動的龍之權能——

「那麼，假如那些傢伙有意攻擊我們……」

「八尋你現在沒勝算吧。提供庇護的彩葉不在身邊，不死者就只是韌性強的普通人。」

茱麗隨口道出辛辣的評語。

八尋卻無法反駁，因為茱麗說的是事實。

「那種人為什麼要找彩葉？彩葉跟那些傢伙屬於同類吧？」

「聽了山瀨道慈的名字，你沒察覺嗎？」

「呃，即使妳這麼說……」

八尋摸索自己的記憶，還是覺得過去跟山瀨道慈素未謀面，對他這個人毫無認識。理應是這樣才對。然而，八尋內心一角有些介懷。

「啊……！他姓山瀨，名道慈……難道說，山道就是山瀨道慈的簡稱？」

「很常見的化名取法呢。」

你終於發現了嗎——茱麗苦笑。

山瀨並沒有隱藏自己的身分。剛好相反。

他是知道八尋在找他們，才刻意過來接觸。如茱麗所說，那是為了讓八尋得知他們的存在——

「也就是說，他說要找彩葉，是為了跟我們攀談的藉口嘍。彩葉人在哪裡，他們明明都知道……！」

「嗯，是這樣沒錯。」

茱麗微微縮起肩膀。

八尋氣得說不出話。對方向全世界揭開了彩葉的祕密，還一臉不知情地過來接觸。難以抹拭他們是在隨意玩弄人的印象。

「可是，為什麼對方同樣身為龍之巫女，卻要揭彩葉小姐的底？他們自己也有可能被同一套手段報復耶。」

喬許困惑地問道。

八尋認為這是理所當然的疑問。若提到龍之巫女的立場，舞坂雅與彩葉是一樣的。山瀨他們宣傳彩葉是龍之巫女的行動，到頭來將變成自找苦吃。

「那就要問他們本人才曉得了。雖然我倒不是沒有想出幾種假設。」

茱麗用意有所指的語氣告訴眾人。哦——喬許佩服似的點頭說：

「舉例來講？」

「拉抬影片的觀看次數。」

「啊～～……」

八尋等人同時發出理解的聲音。

投稿的影片觀看數增加，山瀨身為直播主的收入就會變多。為了讓觀看次數成長，冒著引火上身的風險揭露祕密，並不是無法想像的動機。

「另外，他們也有可能只是受人之託。」

「受人之託？」

八尋帶著納悶的臉色回望茱麗。是啊——茱麗點頭回話：

「山瀨本人也說過吧，他是雇主的代理者。」

「表示那些傢伙也有人贊助嘍。對我們來說，事情是那樣就好懂了。」

喬許拍響手掌。

陷害彩葉並非出於山瀨等人的意思，他們只是聽雇主指示辦事——八尋也很能認同這樣的假設。

龍之巫女的存在公諸於世，鐵定有組織能藉此得利。

實際上，保護彩葉的比利士藝廊就因為山瀨那些影片而被逼到麻煩的立場。對藝廊的競爭對手來說，這算是某種機會吧。

「那我們該怎麼辦？要怎麼做才能阻止那傢伙公開影片？」

八尋湊近茱麗問道。

「查清對方雇主有什麼目的，再設法談判才實際。還有這個聯絡手段，就是他為此交給我們的吧。」

茱麗晃了晃從山瀨那裡收下的筆記紙說道。

「談判嗎……」

八尋露出苦澀的表情退後。

組織及企業之間的麻煩交涉超出了八尋的專業範圍。然而對方跟八尋同為不死者，就無法動用把人逮住再強行逼供的手段。

當下就如茱麗所說，只能交給她們去談判吧。

「所以嘍，喬許你們可以回總部了。反正受山道拍片影響而聚集過來的偷拍者，小珞好像都幫忙收拾掉了。」

茱麗告訴喬許與他的部下。

喬許等人是為了在山瀨面前保護茱麗而派出的護衛。既然山瀨乖乖離去了，便沒有理由將他們留在這裡。

「公主打算怎麼做？」

即使如此，喬許仍不安地提出反問。

不知道為什麼，比利士藝廊的戰鬥員大多奉茱麗如女王。喬許叫茱麗公主，也沒有調侃她的意思。即使被交代不用護衛趕快回去，他們也不會乖乖聽命。

「我嗎？好不容易上街，我跟八尋約會完再回去。」

「約會？」

喬許聲音變調地喊了出來。在他背後的那些部下都帶著殺氣騰騰的表情一起瞪向八尋。

「……我可沒聽說有那種行程。」

八尋困擾地把視線轉向茱麗。

茱麗則不以為意地挽住八尋的左臂說：

「偶爾一次有什麼關係？再說，我們之後或許得離開橫濱一陣子。」

「離開橫濱？妳說的，該不會是為了彩葉……」

「既然彩葉的下落遲早會曝光，先讓她去避避風頭才省事吧。」

「話是這麼說沒錯……」

八尋對茱麗的決策之快結舌。她說的確實有理。

比利士藝廊擁有名為「搖光星」的裝甲列車，可以自由在日本全土移動。半吊子的企業或組織不可能追蹤，只要追蹤者數量一少，要辨別真正的敵人也會變得容易才對。

珞瑟會用狙擊排除偷拍者，或許就是為了減少彩葉在移動之際的目擊人數。八尋都還沒察覺，藝廊就已經陸續著手因應偷拍的對策了。

「我們跑來舊山手地區遊蕩，也是為了聲東擊西？」

八尋朝依然勾著自己左臂的茱麗問道。

茱麗使壞似的微笑說：

「沒錯。讓人認為我們是認真在找偷拍者，感覺各方面都比較有利啊。」

「哎，既然是這樣就沒辦法。」

八尋靜靜地嘆了氣。被藝廊的戰鬥員們嫉妒固然麻煩，但狀況是這樣的話，他也只好痛下決心聽從茱麗的安排。

然而，比藝廊隊員們不情願地開始撤退還要早，新的裝甲車輛引擎聲就先傳來了。有三輛重武裝的輪甲車朝著八尋等人筆直接近過來。

喬許等人反射性露出提防的舉止，卻疑惑地停下動作。

因為他們發現了接近過來的車輛隸屬於何方單位。

「連合會總部的裝甲車？他們來這種商店街有什麼事？」

八尋臉上浮現疑惑之色。

所謂連合會，是由數十間將根據地設於橫濱的民營軍事企業組成的互助組織。橫濱地區擁有寶貴的港灣設施，他們的主要職責在於維護此地治安。

然而八尋等人目前並未引起什麼大問題。珞瑟狙擊造成的騷動在橫濱算家常便飯，理應不會導致驚動連合會專程出面的事件。

與八尋的預料正好相反，連合會的裝甲車停下，像是要包圍八尋等人。

從領頭車下來的人是八尋也認識的熟面孔。

「原來你在這，鳴澤八尋。」

「雅格麗娜．傑洛瓦……小姐？」

八尋回望擔任連合會會首祕書的女子，困惑隨之加深。像她這樣的大人物會找八尋搭話，令人難以抹拭事有凶險的印象。

「妳找我們的簽約員工有什麼事嗎，雅格麗喵？」

茱麗像在袒護八尋一樣朝雅格麗娜問道。

「不要用奇怪的綽號叫我，茱麗葉．比利士。」

雅格麗娜由衷排斥地擺了臉色，然後立刻改換心情端正姿勢。

「鳴澤八尋，這是來自連合會總部的要求。不好意思，你要立刻隨我們同行。」

雅格麗娜用刻板的語氣告訴八尋。

她麾下的那些連合會戰鬥員都將槍口朝向八尋等人。喬許與他的部下們當然也舉槍備戰，狀況完全是一觸即發。

「要我……隨你們同行？為什麼？」

八尋不明所以地反問。

假如是身為藝廊負責人的茱麗她們，或因為偷拍影片引起騷動的彩葉被連合會找去，那還可以理解。然而，八尋表面上的立場只是一名戰鬥員，連合會幹部沒理由親自來接他。

可是對雅格麗娜來說，似乎早就設想到八尋會有這種反應。

她點頭彷彿表示這是理所當然的疑問，用鄭重的語氣告訴眾人。

因為你涉有殺人之嫌——她如此說道。

5

山瀨道慈潛伏的居所是一棟位於舊山手地區的廢屋。在大殺戮發生前，那裡似乎被用來經營咖啡廳。

滿布灰塵的店裡擺滿了剪輯影片用的電腦與播放器材。那就是爆料型直播主山道的攝影棚。

「滿可愛的孩子呢。」

舞坂雅將裝滿罐頭的紙袋擱在廚房，然後嘀咕了一句。

山瀨拿露營用的瓦斯噴燈沖咖啡，並不悅地撇了嘴。

「別開玩笑了。那丫頭居然叫我大叔。」

「我說的不是茱麗葉．比利士喔。可愛的是那個不死者男孩。」

「鳴澤八尋嗎？」

山瀨在老舊的吧檯上托腮，還從鼻子哼出聲。

「哎，確實跟想像中不一樣。既然是那個鳴澤珠依的大哥，我還以為他會是不討喜又囂張的臭小鬼。」

「或許正因為他是那種普通的男孩，才會被地龍看上。」

「也許啦。」

雅同情似的喃喃說道，使得山瀨沒勁地答腔。

當雅默默點頭以後，山瀨就把目光轉向面前的電腦螢幕。

「影片的觀看次數如何？」

「比預料中多了一大截，或許是火龍巫女的外表夠吃香吧。幫了大忙啊。多虧如此，下一波手段會更容易操作。」

「情報的詢價狀況呢？」

「那部分的人數就沒期待的多了。」

山瀨瀏覽了透過影片網站收到的訊息，然後搖搖頭。

想取得儘奈彩葉相關情報的組織及企業不在少數。山瀨在影片裡提過，會「以公道的價格」提供他們要的情報。

儘管已經談成了十幾樁契約，坦白講數字仍嫌寒酸。

「哎，這就沒辦法啦。橫濱歸美軍管轄，還成立了民營軍事企業連合會的自治區，他國軍隊踏不進來。就算得知龍之巫女的下落，沒設立自家軍事部門的企業也無法妄自出手。」

「希望他們那樣就能滿足。」

「我們的客戶倒不用擔心啦。反正已經確保有最起碼的戰力，何況還來了有點好玩的客人。」

「你說的客人是？」

雅露出納悶的表情看向山瀨。

正好在同一個時間點，廢屋的玄關傳來用門環敲門的聲音。

「這就叫說人人到……你們進來吧，門沒鎖！」

山瀨朝玄關大聲喊道。

玄關的門隨著絞鏈嘎吱作響被打開，來訪者現出臉孔。

雅看見他們的身影後，就訝異得瞇起眼睛。

來訪者是由男女兩人組成，先進門的是穿著學生服的少女。

「打擾了～～」

她露出親暱的笑容，用日文向雅與山瀨他們問候。

染成明亮顏色的頭髮與穿得有型的制服，腳下則是泡泡襪與樂福鞋，彷彿從大殺戮前的世界穿越來的典型辣妹。

「失禮了。」

接著進門的則是個身材修長的少年。他將制服穿得無懈可擊，還拎著尼龍製的竹刀袋。伶俐臉孔搭配黑框眼鏡——感覺像個正經的劍道社社員的小伙子。

「你們是……」

雅盯著身穿學生服的二人組，茫然嘀咕。

山瀨看著這樣的雅，先是咯咯笑了，然後對來訪者投以親切的笑容。

「來得好。歡迎你們，日本人。」

第二幕 不實指控

THE HOLLOW REGALIA

CHAPTER.2

1

「——八尋被逮捕了？」

珞瑟口中突然提出的報告，讓彩葉停下搓揉麵粉的手。偷拍者害彩葉被趕到沒窗戶的房間，她正在挑戰自創的麵類料理洩憤。

「……並不是逮捕，而是協助調查。雖然就受到拘提這一點來說並無太大差異。」

珞瑟因為充斥的香菜氣味而皺起臉，並用往常的平淡語氣糾正。

「為、為什麼事情會變成這樣呢！」

「橫濱要塞附近發生了凶殺案，連續三天的遇害者共計七人。遇害者之一是女性，還有遭到性侵的痕跡……剩下似乎都是偶然起意的強盜殺人。」

「性、性侵……殺人……」

成串刺激性強的字眼讓彩葉理解力無法跟上似的說不出話了。

另一方面，在廚房幫忙準備做料理的小朋友們——九歲孩童三人組態度都很冷靜。

「那算什麼嘛。八尋才不可能做那種事。」

斷然駁斥的是男孩子氣的少女——穗香。

「對啊，八尋哥哥可是禁慾主義者。」

一旁的美少年——希理也正色表示認同。

「八尋哥被儘奈姊用大胸部勾引，也都不理她。」

最後是京太用早熟的語氣說著笑了笑。

彩葉的拳頭便朝京太的頭打下去。縱使是姊弟，她對性騷擾仍會嚴厲管教。

「我什麼時候勾引過八尋啊？」

「……在丹奈姊他們回去以後，妳就叫八尋吻妳耶……」

京太捂著頭縮成一團，淚汪汪地提出軟弱的反駁。

想遺忘的記憶被人喚起，使得彩葉「唔哇啊啊啊」地抱頭趴到料理桌上。

「啊啊啊啊啊……那不算啦……不是那樣的……求你們忘掉……」

彩葉的眼神變得像行屍走肉，嘴裡還不停發出囈語。

穗香傻眼地瞥了這樣的大姊一瞬，然後重新轉向珞瑟。

「為什麼八尋會被逮捕呢？」

「據說有目擊者。」

代替珞瑟回答的人，則是曾待在八尋被拘提現場的喬許。

穗香帶著穩重的表情眨眼。

「目擊者？」

「對。根據那傢伙的證詞，犯人是年輕的東洋男子，武器並非槍械，而是開山刀般的大把刀械。這跟屍體上的傷口也互相吻合。」

「難道說，他們只因為這點理由就咬定八尋是犯人？」

「不，還有另一項決定性的證詞。」

喬許看穗香冷靜地提出反問，因而感到有趣似的挑眉。

「犯人在襲擊的過程中受到遇害者反擊，射中他的子彈起碼有二十發。即使如此，他似乎還是若無其事地達成目的離去了。」

「那不就表示……！」

彩葉霍然抬起頭，臉頰顯得有一絲蒼白。

「對，犯人是不死者。」

喬許看似苦澀地點頭告訴眾人。

「這樣你們都曉得八尋為什麼會被連合會當成重要人證帶走了吧？雖然應該不至於光憑

目擊者的證詞就認定他是犯人，但連合會有責任維護橫濱治安，也不能無視這件事吧。」

「可、可是用協助調查的名義，表示偵訊結束以後就可以回來了吧？」

彩葉帶著不安的表情仰望珞瑟他們。珞瑟冷冷地搖頭。

「茱麗正在跟連合會交涉。不過，要對方立刻放人大概有困難。假如能證明八尋的清白倒是另當別論。」

「證明他的清白……要怎麼做？」

「在八尋被捕的期間，有新案件發生不就行了嗎？」

喬許不負責任地拋出這麼一句。

「那不就是受害者增加的意思嗎？」

彩葉用怪罪般的視線看向喬許。

那倒也是啦——喬許苦笑著說道：

「假如連合會抓到無辜的八尋就滿意了，總歸是無法防止下一樁案件發生吧。」

「……不。這只是我的猜測，下一樁案件恐怕不會發生。」

珞瑟否定了喬許的反駁。喬許納悶地看向珞瑟。

「妳怎麼會知道，小姐？」

「因為真凶的目的就是要讓連合會拘提八尋。」

「拘提八尋？意思是目的既已達成，對方就沒有理由繼續殺人？可是，犯人為什麼要陷害八尋？」

「因為在八尋被連合會捉住的期間，彩葉也無法離開橫濱。」

珞瑟突然做出的說明使得彩葉冒出驚呼。

「咦？是、是我害的嗎？我害那些無辜的人被殺了？」

「妳不用感到自責，畢竟那是真凶擅自下的手。」

「但是……！」

「這樣啊……表示所有事情都串在一起了嗎……」

喬許把手湊到下巴低吟。

「先前發表爆料影片的那些人就是害怕彩葉躲起來，才誘使連合會捉住八尋，想讓彩葉沒辦法逃出橫濱對吧？」

「我想真凶應該有無論如何都不能錯失彩葉的理由。」

珞瑟靜靜地吐氣。

作為因應偷拍者的對策，珞瑟等人正準備帶彩葉離開橫濱，這件事彩葉也有聽說。然而八尋被連合會拘提，導致這項計畫無法實行了。

彩葉不在身邊，八尋就沒辦法動用神蝕能。缺少八尋的神蝕能，更是不可能保護好彩葉免於其他不死者的攻擊。

「可是，對方爭取時間的手法這麼粗糙，也撐不了多久吧？」

喬許用不滿的語氣提出指謫。連合會絕非無能的一群人，他們應該不會愚昧到一直拘提無辜的八尋，還放任真凶逃脫。

「說得沒錯。所以，近期內應該會有新動向。」

「新動向？」

「你認為一旦龍之巫女的身分與下落被鎖定，想得到她的勢力會怎麼出下一步？」

「談判、威脅、行使武力——大概就這樣吧。」

喬許用厭煩的語氣回答珞瑟的問題。

要求獨占彩葉的藝廊將她出讓，無法如願就來硬的把人搶走。立場改換的話，藝廊應該也會做一樣的事。

「原本是打算趕在那之前離開橫濱，看來我們的行動都被料到了呢。」

「……不過，那表示只要證明八尋的清白，問題就可以解決吧？」

穗香帶著若有所思的表情提出質疑。

一旦連合會釋放八尋，珞瑟等人就可以帶彩葉脫離橫濱。只要能掩蓋彩葉的下落，要跟覬覦她的組織談判就會壓倒性地占優勢才對。

「既然這樣，由我們找出真凶不就好了？」

「穗、穗香……？」

彩葉帶著震驚的表情瞪向妹妹。

在她的弟妹當中，穗香、希理、京太組成的九歲孩童三人組算是喜歡惡作劇的問題兒童。他們初次見到八尋也都不會怕生，臉皮還厚得敢跟他講話裝熟。穗香在三人當中更是有領袖的風範，腦袋以年齡來說格外靈光。彩葉會提防她開口出主意，原因就在這裡。

「能那樣的話確實最好，但妳辦得到嗎？」

珞瑟感興趣地反問。

穗香彷彿就等她這麼問，用力拍了自己的胸脯說：

「包在我身上！」

「等……等一下，珞瑟，妳是認真的嗎？穗香他們才九歲耶。」

「我跟茱麗九歲的時候，可就已經修完大學的博士課程了喔。」

「那只是因為妳們太厲害吧！」

彩葉尖叫般喊了出來。穗香的提議固然不合常識，但珞瑟她們的規格本身就已經超脫常識，這似乎使得她們完全缺乏常識。

把工作交派給九歲孩童，就算得不到成果，基本上比利士藝廊也沒有任何損失。從珞瑟的立場來看，會接受穗香提議反而是合理的判斷。

「我當然會派專人帶隊啊。喬許。」

「哎，就知道會是這樣。」

喬許用認命的口氣無力地嘀咕。接著他看似打起精神般抬起臉，自暴自棄地朝著孩子們喚道：

「小不點們，走嘍！」

「好～～」

三個九歲孩童活潑地答話，跟到喬許後頭。

彩葉一臉不知所措地目送這樣的弟妹們。

2

同一時刻。八尋人在連合會總部的偵訊室與雅格麗娜·傑洛瓦對峙。

關於自己蒙受的連續凶殺案嫌疑，八尋正在聽她親口說明。

「……妳剛才說，殺人犯的身分是不死者。」

「從目擊的證詞與現場狀況，我判斷不得不這麼做結論。」

跟八尋面對面坐著的雅格麗娜用嚴肅語氣說明。

她的左手腕還有八尋的右手腕依然用看起來很牢固的金屬手銬銬在一起。這是八尋被帶到連合會總部之際，雅格麗娜為了避免他逃跑而親自銬上的。

「待在橫濱的不死者可不只我一個。」

八尋用自由的左手撥起頭髮，語帶嘆息地向對方表達。

「我明白。在目前的時間點，我們也沒有打算認定你就是犯人。就算這樣，總不能放著你不管，畢竟你身為最大嫌疑者是事實。」

雅格麗娜用苦澀的語氣說道。

她恐怕也沒有真心相信八尋是連續殺人犯。然而連合會標榜公正中立，總不能不對八尋進行拘提，否則其他旗下企業將會出現不平的聲音。

「雖然沒辦法接受，不過我了解妳的立場啦，雅格麗娜小姐。」

八尋嘆了氣，並靠到看似廉價的鋼管椅上。

辨明雅格麗娜並無敵意之後，跟她孤男寡女兩人在狹窄的房裡獨處就突然令人介意了。

儘管不清楚本人有沒有自覺，雅格麗娜是個當模特兒也能勝任的美女。若在近距離面對面相處，還有花一般的香味飄來，難免讓八尋緊張而窘於應對。

雅格麗娜並不知道八尋有這樣的心思，終究以一本正經的態度繼續說道：

「說到立場，比利士藝廊似乎也被迫身處於麻煩的立場呢。」

「妳也看過那部爆料影片了嗎？」

「在連合會內部也造成滿大的話題喔。畢竟我們旗下同樣有不少的民營軍事企業參加了對抗山龍的那一戰。」

雅格麗娜帶著無精打采的表情搖頭。

她身為連合會的幹部，屬於從過去就得知龍之巫女存在的人物之一。正因如此，雅格麗娜才更了解彩葉身分曝光帶來的影響有多大吧。

「目前戰鬥員們對儘奈彩葉的印象並不壞。因為就山龍來襲一事而言，她是保護了橫濱要塞的功臣。」

「是嗎……那就好。」

「可是，要談到身為企業的想法就不同了。只要知道能靠龍之巫女牟利，未必不會有企業打算趁比利士藝廊不備，搶先把她納入手中。」

「連合會不是禁止旗下的企業私下互鬥嗎？」

八尋責問雅格麗娜說的話。

在身為民營軍事企業自治區的橫濱，企業間互鬥被連合會嚴格禁止。不然企業之間的爭鬥難保不會無止盡地激化，使橫濱本身成為戰場，進而讓寶貴的港灣設施遭到破壞。

「正是如此。不過，他們未必沒辦法暗著來。」

雅格麗娜嚴肅地點頭。八尋有些驚訝地說：

「暗著來？具體而言是用什麼方式？」

「這、這我不清楚，但是會首有這麼說過。」

「妳是跟那個老爺爺拾來的牙慧啊……」

「別把會首叫成老爺爺！既然都說是暗著來了，事前不清楚也沒辦法吧！」

雅格麗娜滿臉通紅地反駁。

聽說自從小時候被身為連合會會首的葉卜克萊夫．勒斯基寧救了一命，雅格麗娜就一直把他當父親敬愛。看來要讓雅格麗娜留下好印象的話，還是別講勒斯基寧的壞話比較好——八尋稍微反省了。

「哎，話是這麼說沒錯……可是，即使我留在這裡，連續殺人犯依然被放任在外耶。」

「橫濱要塞周圍的警備已經強化過了，我們沒有打算讓更多犧牲者出現。」

雅格麗娜彷彿在掩飾剛才的賭氣，努力用冷靜的嗓音答話。

八尋沉默地聳肩。無論如何，現在也只能信任她說的話。

「所以說，我要跟妳像這樣把手銬在一起多久？」

八尋低頭看著仍銬在右手上的手銬，並且問道。

霎時間，雅格麗娜尷尬似的突然目光亂飄。

「唔、嗯。其實關於這一點……你懂不懂開鎖？」

「開鎖？」

雅格麗娜沒頭沒腦提到的字眼讓八尋有不好的預感。

「欸，妳該不會搞丟了吧？搞丟手銬的鑰匙？」

「安、安靜！你聲音太大了！」

雅格麗娜急忙摀住八尋的嘴巴。說起來也是理所當然，她似乎不希望被部下知道有這種烏龍狀況。

「怎麼辦啦，這副手銬亂粗重的耶，不是拿鐵絲來撬就能開的吧。」

「有備用鑰匙……到我的房間應該就有備用鑰匙。」

面對八尋冷靜的指摘，雅格麗娜狡辯似的提出了主張。

「我知道了。一起去妳的房間就行了吧。」

「是、是這樣沒錯，不過，要帶並非男友的男性到獨居女性的房間，恐怕有令人非議之處……會首大概會認為我是不檢點的女人……」

「妳在擔什麼心啊？」

八尋一臉傻眼地望向雅格麗娜。

「假如跟我獨處會讓妳不安，找個人顧著就好了吧。跟妳的部下說一聲——」

「別、別說傻話！那樣的房間怎麼能讓部下看到……！」

「……那樣的房間？」

「呃，不是的。癥結絕非在於我的房間有問題……」

被八尋帶著納悶的臉色反問，雅格麗娜便閃爍其詞。

「我是搞不太懂，但妳一直像這樣跟我銬在一起會更糟吧？洗澡或上廁所要怎麼辦？」

「唔……」

語塞的雅格麗娜認命似的垂頭喪氣。

接著，她宛如幽魂搖搖晃晃地站起身。

「我知道了……麻煩你跟我來，鳴澤八尋。不過，在我房間看到的景象，你可千萬不能說出去！」

「好、好……」

八尋被淚汪汪的雅格麗娜瞪著，就語帶困惑地點了頭。

3

「這真夠慘的。」

連合會幹部的居所是鄰接橫濱要塞的高級飯店故址。雅格麗娜的房間屬於其中之一，尋常無奇的兩床雙人房。

既然是獨自使用雙人房，寬敞度還算有餘裕。然而八尋一踏進房裡，就對眼前慘狀說不出話了。

說得含蓄點，雅格麗娜的房間只有一個亂字。

脫下亂丟的衣服及鞋子；喝過的啤酒罐與空寶特瓶；明顯已經超過保存期限的口糧包裝；再加上大剌剌擱著的槍械及刀械，都毫無節操地散落各處，幾乎沒有地方可以讓人落腳。亂得像狗窩就是在說這樣的房間。

「你別說了。不，無所謂……我自己知道。這是我因為繁忙事務纏身，一直拖延而沒有整理房間的怠慢之過。」

雅格麗娜咬脣轉開視線。

「亂到這種境界，已經跟拖延無關了吧。虧妳能在這樣的空間生活。」

「我、我的房間不重要吧！反正目的只是要拿手銬的備用鑰匙！」

「欸，在這種狀況不可能找得出鑰匙吧。多少要整理一下房間才行。」

「喂，慢著！你打算做什麼？」

雅格麗娜急忙制止朝腳邊的雜物伸出手的八尋。

八尋厭煩似的吐氣說：

「看就知道了吧，我要打掃啦，打掃。我會先將掉在地上的東西收集到這裡，麻煩妳區別該丟的東西跟需要的東西。」

雖然在我看來全部都只像垃圾——八尋硬是忍住想這麼說的情緒，並且做出指示。

「唔、嗯。」

「來，垃圾袋給妳。區分可燃與不可燃物就無所謂了，但是電池跟噴霧罐記得分開放，因為那會造成意外。」

「是、是嗎？我明白了。」

大概是天生的認真個性發揮了作用，雅格麗娜意外聽話地開始區分雜物。

然而因為彼此手腕用手銬銬著，作業的效率不高。即使如此，八尋與雅格麗娜兩人仍分工合作，設法將垃圾從房間裡整理出去。於是——

「這些是……？」

八尋發現一疊堆在地板上的書，就用納悶的語氣嘀咕。

以日本漫畫為題材，由粉絲製作的二次創作漫畫——所謂的同人誌。

「唔哇啊啊啊啊啊啊！」

雅格麗娜發出高八度的尖叫，從八尋手裡搶走同人誌。接著她把同人誌藏到自己背後，一臉被逼急的表情瞪向八尋。

「你、你看到了嗎？」

「是啊，好讓人懷念，那部漫畫，我小時候有看過動畫。原來妳也會看這種東西啊？」

同人誌封面上畫的是出現在古早少年漫畫的角色。

身為主角的好知己，在故事裡活躍的滿身肌肉的壯漢。雖然他是個高人氣的角色，不過作為同人誌主角就難免給人偏門的印象。

「不、不是……這是資料！沒錯！這只是我用來認識日本的資料。」

雅格麗娜滿臉通紅，還用缺乏餘裕的語氣強調。

「用來認識日本？這部漫畫的舞台是歐洲風格的虛構世界吧？」

「可是畫這個的是日本人啊！所以這算日本文化的資料！」

「妳要這麼說也可以啦……」

八尋歪過頭接受了雅格麗娜的主張。

這麼說來，八尋覺得封面角色跟連合會會首勒斯基寧有幾分相似，但有股莫名的預感告訴他別提比較好，因此就沉默帶過了。

「別管我這些資料。重要的是打掃房間吧！」

雅格麗娜把同人誌收到文件櫃深處，並且拚命改換話題。

「重要的不是打掃房間，找出備用鑰匙才是目的啦。」

八尋語帶苦笑地環顧房間。接著，他的目光停留在房間角落鼓起來的布料小山。雅格麗娜脫掉的衣物層層堆積，形成了一塊地層。

拿起位於山頂附近的大衣以後，位於底下的堆積物便露出全貌。

「原來這是床啊？平常妳都睡在哪裡？」

「呃，這個嘛……就隨處找一塊空著的地方……」

雅格麗娜指著桌底下，含糊地低聲說道。

「居然睡地板嗎！受不了……啊～～啊～～……除了制服以外都皺巴巴的嘛……嗯？」

八尋把滿是皺痕的襯衫重新掛回衣架後，就反射性地接住滾下來的一塊布。那是尺寸相當於手帕的小巧衣物。

那團布被八尋隨意攤開，接著他就愣住了。因為八尋發現布的真面目是女用內褲。

「呀啊啊啊啊啊啊！」

雅格麗娜再次發出尖叫。雖然那是件毫無巧思與花樣，完全偏實用的四角內褲，但貼身衣物被看見，她好像實在無法冷靜。

「不、不是的，你誤會了。我本來是打算一併拿去洗——！」

「白、白痴，妳那樣硬扯的話……！」

雅格麗娜想從八尋那裡搶回內褲，就急著伸出手。然而，完全欠缺冷靜的她似乎忘了手銬的存在。

「唔、唔哇啊啊啊！」

由於雅格麗娜忽然回頭，八尋被手銬銬著的右手遭到硬扯。

八尋與雅格麗娜就這樣變成背靠背，因為離心力甩得互相打轉。當然，兩人的重心都大幅失衡後，只能交疊在一起倒向床上。

「唔喔喔喔……」

「好痛……」

八尋與雅格麗娜以複雜的姿勢糾纏倒在床上，各自痛得呻吟。

乍看像是雅格麗娜仰身跌倒，被底下的八尋接到懷裡。然而，實際上兩個人被手銬銬在一起的手臂已經扭成怪模樣，連他們自己都搞不懂身處於什麼狀況。

即使如此，他們倆之所以沒有受傷，是因為跌倒在床上。

「唔……不好意思。我竟然如此失態，為了這點事就失去冷靜……」

雅格麗娜確認八尋發現的內褲是尚未穿過的新品，才總算恢復冷靜向他道歉。

被她壓著的八尋則是尷尬地吐氣。

「總之，妳能不能從我身上讓開？這個姿勢實在靠得太近……」

「我、我知道……奇、奇怪？這是什麼情形？」

急忙想起身的雅格麗娜晃著身體蠢動，一邊發出困惑之語。

她使勁想抽出仍處於反扣狀態的左手，八尋便頓時哀號了。

「好痛好痛好痛……！那樣不行！會扭到我的關節，會往不該扭的方向扭啦！」

「可是照這樣下去我抽不出左手……！嗚，唔唔……？」

「就說了，妳從那邊是行不通的啦……！」

八尋護著被硬拗的右臂，發出丟人的聲音。

銬著兩人手腕的手銬就墊在他們底下，好像還跟雅格麗娜的大衣下襬糾纏在一起。而且，上面壓著雅格麗娜與八尋兩人份的體重。只要往適當的方向翻身，感覺要解開倒也不難，堆積在床上的衣物卻造成妨礙讓他們無法動彈。

「啊！慢、慢著，你在摸哪裡……呀啊啊啊！」

「妳為什麼要叫出來啦！」

「是因為你亂摸吧！白、白痴……那邊不能碰！」

八尋他們在緊貼的狀態下苦苦奮鬥，想辦法要起身。可是，雙方都自顧自地動來動去，使得狀況更加惡化。

旁人看來會覺得是愚蠢的模樣，當事人卻很認真。

這種狀況大概持續了兩三分鐘之久。突然間，從房間門口傳來愉快的笑聲。

「哎呀～～……好像玩得挺開心呢。八尋跟雅格麗娜，你們之前有這麼要好嗎？」

「茱麗？」

「茱、茱麗葉．比利士？妳怎麼會在這裡……！」

頸部勉強重獲自由的八尋與雅格麗娜轉過頭，看向站在房間前的茱麗。由於剛才打掃到一半，房門始終開著沒有完全關上。

「我跟勒斯基寧交涉，獲得了送東西過來的許可，給八尋替換的衣物或者牙刷之類啦。然後，我問了連合會的服務人員，就聽說他在妳的房間……」

茱麗一口氣說明到這裡以後，便望著在床上相擁的八尋兩人，並且微微歪過頭。

「……該不會還需要幫你們準備避孕用品吧？」

「「誰要啊！」」

八尋與雅格麗娜的聲音重疊了。

回話有默契的兩人嗓門響亮，野獸低吼般的聲音隨即傳來，彷彿要將其蓋過。

「八〜〜〜〜〜尋〜〜〜〜〜〜……！」

「彩、彩葉？」

怒氣騰騰的日本少女從茱麗背後現身，使得八尋茫然回望她。

她似乎有意喬裝，姑且戴了帽子與眼鏡，不過站在那裡的無疑就是彩葉。

「彩葉，妳怎麼會來橫濱要塞？」

「當然是因為擔心你啊！結果卻聽別人說你在雅格麗娜小姐的房間，我還納悶是在做什麼……就發現你們孤男寡女像這樣調情……」

「等等！儘奈彩葉，這是誤會……！」

雅格麗娜大概是感受到自身難保，就拉高音調向彩葉辯解。

「我會讓鳴澤八尋進來房間，是因為有不得已的苦衷。」

「呃，總之，能不能請妳跟八尋先分開再講話？」

彩葉冷冷地看著雅格麗娜說道。雅格麗娜先是氣結得語塞——

「能分開的話，我早就跟他分開了！」

「換句話說，妳無論如何都不想離開八尋……」

「不對，我不是那個意思！」

「……所以八尋也是基於同意才這麼做的嘍？」

彩葉用靜靜的語氣問道。什麼問題啊——如此心想的八尋歪過頭。

「哪有什麼同不同意，無奈我們就是分不開啊。」

「哦～～……是喔。這樣啊。你是因為無奈才抓著雅格麗娜小姐的內褲？」

「啥？不、不是的，這是因為——」

「不用說了！我們回去吧，茱麗！」

彩葉粗魯地哼聲，轉過身背對八尋。她直接大聲踱步從房間離去。

茱麗尋開心似的一邊看著彩葉的反應，一邊緩緩拿出手機。

「等我一下，離開前先拍個照存證。」

「「不准拍——！」」

依然交疊在床上的八尋與雅格麗娜同時吼道。

茱麗露出滿面笑容，忙著記錄他們倆的那副窘樣。

4

「呃，八尋哥哥……你沒事吧？」

在茱麗隨彩葉走出雅格麗娜的房間以後，佐生絢穗戰戰兢兢地過來搭話了。她抱著軍用降落傘背包，裡面恐怕是茱麗提到要帶來給八尋的日用品。

「還好啦……絢穗，原來妳也來了。」

「是的。那個，因為我擔心八尋哥哥。」

絢穗望著八尋，用認真的語氣說道。

她那誠摯的眼神讓八尋有些疑惑。不過，有人肯如此認真地為自己擔心值得感激，八尋立刻轉了念頭這麼想。

「飛來橫禍呢。哎，光看就大致曉得是什麼情形了。」

「魏洋哥……！」

跟著絢穗一起進房的是藝廊的戰鬥員，魏洋。他的立場與其說是來探望八尋，應該更像是絢穗的護衛。

「讓各位見笑了。是我找不到手銬的備用鑰匙，才會鬧出這種狀況……」

雅格麗娜向露出溫和微笑的魏洋賠罪。終於有個肯正常溝通的人出現，讓她露出內心鬆口氣的表情。

「顯然如此。不過這下頭痛了……我以為把彩葉留在八尋身邊會比較安全，才帶她過來的。」

魏洋困擾似的搔搔頭。身材修長又一臉從容的他感覺莫名適合做這種動作。

「彩葉姊姊氣得回去了呢……」

對不起——絢穗代替性急鬧誤會的姊姊低頭道歉。

「嗯。反正有茱麗陪著，我想不會有事就是了。」

魏洋之所以會露出不安的表情，應該是因為他在腦海一隅仍記著彩葉被偷拍者盯上的事實。

話雖如此，連合會管轄的橫濱在目前的日本算是最安全的地區之一。如魏洋所說，既然有茱麗陪著，發生小狀況應該都能迎刃而解。

「請問，兩位是在找備用鑰匙對不對？可以的話，也讓我幫忙好嗎？」

絢穗一邊扶八尋他們起來，一邊親切地提議。

對行動受限於手銬的八尋他們來說，這是求之不得的提議。

「呃，可是像這種瑣事，總不好給身為外人的你們添麻煩——」

總算脫離床鋪的雅格麗娜安心地吐氣，並露出為難的表情。

嗯——魏洋聽了雅格麗娜的話便發出低喃。

「真的不用嗎？我倒覺得照你們現在的狀況，要整理這個房間會相當辛苦。」

「唔唔唔……」

魏洋點出的問題讓雅格麗娜消沉地垂下肩膀。

自己凌亂不堪的房間被魏洋等人看見，她似乎事到如今才覺得難為情。

「妳當成請傭人幫忙就行了吧？我跟魏洋哥無所謂，麻煩給絢穗一份回禮，付錢或送東西都好。」

八尋只好替雅格麗娜找臺階下。

雅格麗娜聽了就認分地抬起臉。

「也、也對。既然如此，我正式委託你們幫忙吧。」

「好的，我會加油！」

絢穗答話一如平時含蓄，卻毅然點了頭。

擅長做家事的絢穗大顯身手，後來雅格麗娜的房間大約過兩小時就整理完了。

然而，最要緊的手銬鑰匙直到最後依然遍尋不著。

5

「唔喔～～！這什麼車啊！超帥的……！」

京太坐上裝甲車後座，看著車內裝設的儀器歡呼。

比利士藝廊使用的車輛屬於軍方普遍採用的多用途裝甲車，但是對年紀還小的他們來說，搭車遠行本身就是新鮮的體驗吧。從宿舍出發後，京太的情緒一路高漲。

「陽光比我想的還強呢，對皮膚不好。」

另一方面，即使同樣是九歲兒童，希理的表情則顯得憂鬱。對長相秀氣得幾乎會被誤認成美少女的他來說，要介意陽光與塵埃似乎就沒空享受兜風了。

「受不了，都這把年紀了還被迫陪小朋友玩偵探家家酒。」

喬許駕駛裝甲車，露出有些空虛的眼神發牢騷。

喬許身為愛爾蘭裔美國人，原本是任職於紐約市的警官。在受聘於藝廊的戰鬥員當中，要逮住連續殺人犯來證明八尋的清白，沒有人比喬許更能勝任。

話雖如此，辦案的搭檔是這群連青少年都不算的小朋友，再沒有比這更無助的了。是在

演三流喜劇電影嗎？喬許忍不住想抱怨。

「我可不是偵探喔，要叫名偵探才對，助手老哥。」

坐在副駕駛座的穗香不知道是否了解喬許內心的糾葛，還用莫名高傲的語氣這麼告訴他。這場奇妙的辦案活動，本來就是出自她的提議。

「這裡沒有助手，叫我喬許。妳真當自己是名偵探啊。」

「差不多。我是不清楚外國的情況怎樣，但這個國家從以前就有讓小孩當偵探活躍的文化，所以你放心。」

穗香毫不慚愧地告訴喬許。儘管口齒不清的語氣與年齡相符，她講話卻井井有條，讓人感受到不像小孩的知性。

喬許在想，穗香說不定比她姊姊彩葉成熟得多。

「那妳說要找出真凶，是有什麼把握嗎？」

「當然有，否則我才不會接下這種工作呢。」

「我們也要展現有用的地方才可以啊。」

穗香對喬許的質疑點點頭，京太也不假思索地說道。

接著，希理也淡然回答：

「要不然，我們隨時被趕出藝廊都怨不得人啊。畢竟我們只是順便跟彩葉一起留下的附屬品。」

「你們還真懂事耶。」

三個小孩講話格外現實，讓喬許微微感嘆。他們表現得天真無邪，同時又比大人所想的更加理解自己的處境。

路瑟會接受這三個小孩的提議，應該也是因為看出了他們有所決心。

「……就算這樣，有必要連那個小不點都帶來嗎？」

喬許透過照後鏡瞥了後座一眼。

坐在座位邊邊的是個年幼少女，手裡還抱著尺寸如中型犬的全白魍獸——在彩葉的弟妹當中年紀最小的瑠奈。

「有什麼辦法。除了彩葉以外，能跟鵺丸講話的只有瑠奈啊。」

穗香用不情願的語氣說道。從她的立場，似乎也不希望將妹妹捲進這種有危險的任務。

「鵺丸？妳是說那隻白色魍獸？」

「對。它是我們的祕密武器。」

「祕密武器啊……難道妳想讓它模仿警犬？」

「哦，助手老哥，這推理以你來說還算不錯呢。」

「就說了，我才不是妳的助手。」

喬許慵懶地一邊嘆氣一邊把車停到路肩。

間隔片刻，跟在後頭的車輛也就近停下。喬許明明交代過別跟來，卻有四名左右的部下擅自尾隨他追來了。他們表面上主張是為了護衛，然而，真心話肯定是樂得想看上司為小朋友們忙得團團轉。

「我們到嘍。就在這一帶吧。」

喬許說著下了車。

橫濱要塞的高塔西側——迎合傭兵的酒館、妓院聚集的娛樂區外圍。

或許是因為太陽尚未下山，周圍並沒有人影，因此瀰漫著一股莫名沉鬱而難以接近的氣息。

「這裡就是最新的犯罪現場？」

不知怎地，跟著喬許下車的穗香開心似的環顧周圍。

她首先著眼於廢棄大樓牆面上被打穿的無數彈孔，還有附近殘留的黑色痕漬。

「唔喔～～超狠的……這些全都是開槍的痕跡啊？」

「總之先拍個照嘍。」

京太語帶驚嘆地發出歡呼，希理馬上拿手機開始自拍。

「即使說要勘驗現場，連合會的人都再三調查過了，事到如今，我倒不覺得會留下什麼線索。」

喬許無奈地搖頭，並自言自語似的嘀咕。

然而，穗香不知怎地專心望著地面，一副認真無比的態度搖頭。

「這就錯了，助手老哥。我們擁有連合會不懂的知識，或許能找出他們遺漏的線索。」

「連合會不懂的知識？」

「沒錯。比如說，八尋跟真凶戰鬥方式的差異。」

「妳的意思是使用的凶器不同之類嗎？」

喬許有些感興趣地反問。

八尋攜帶的武器是名為九曜真鋼的國寶級日本刀，因為除此之外的刀械都無法承受他身為不死者的膂力。

所以只要鑑定受害者遺體留下的傷口，還有八尋的刀，說不定就能證明行凶的器械有差異。話雖如此，光靠這樣要讓人認同八尋的清白應該有困難。

然而，穗香的想法好像與喬許預料中不同。

「不是的，我想講的是更基本的部分。八尋作戰時不會特地脫光衣服吧？」

「那當然不會啊。哪門子的癖好。」

「但是，凶手在高調的戰鬥過後，每次都一定會搶走殺害對象的衣服。雖然那僅限於受害者是男性的時候，不過三次戰鬥中三次都這樣。」

「妳在說什麼？哪來的情報？」

「你看這個，我跟珞瑟要到的連合會報告書。」

穗香把自己的手機畫面轉向喬許。

多虧藝廊戰鬥員輪流抽空當家教，彩葉的弟妹們也已經讀得懂一定程度的英文。

就算這樣，把連續殺人案的報告書拿給小孩看合適嗎？如此心想的喬許不免蹙了眉頭。

「犯人並不是因為衣服被濺到血……才搶衣服來換的吧。那樣的話，受害者的衣服應該更髒才對。」

「嗯，那倒是。」

「換句話說，我認為犯人有在戰鬥時沒辦法穿衣服的隱情。」

「妳這終究是小孩的淺薄智慧，應該說，未免推理得太天馬行空了。不然怎樣？表示真凶是脫光光戰鬥的大變態嗎？那實在不可能吧。」

喬許無力地笑出來。

然而，穗香並沒有改變表情。

「是嗎？助手老哥，你應該心裡也有底喔。畢竟，那一天在二十三區就出現過。」

「妳說……二十三區？」

喬許目光嚴肅地回望穗香。

但在穗香繼續說明前，有小小的聲音呼喚她。

「——穗香。」

之前都默默站著的瑠奈指了地面一角。

堆著瓦礫及垃圾的路肩前方，有隻白色魍獸在徘徊。

「鵺丸找到了。」

在瑠奈指去的方向掉了一只金屬製的小小容器。

尺寸與營養飲料容器相近的細瓶，其中一端附有斜切如吸管的細針。

「啊，慢著，你別碰喔，鵺丸。希理，拍照！」

「嗯～～光線不太充足耶。」

搶先趕過去的京太與希理開始記錄那只瓶子。他們似乎都事先聽穗香提過那種瓶子的底細了。

「什麼玩意兒？這是注射器嗎？」

喬許板著臉俯視金屬細瓶。

毒品蔓延於戰場不分今昔，當前的日本也一樣。在劃為民營軍事企業自治區的橫濱雖有連合會嚴加管制，染毒的戰鬥員卻從未絕跡。所以即使有用過的注射器掉在凶殺案現場，也沒有人會留意。

「怎麼回事？難道這是真凶留下的線索？」

「至少我覺得可以當成證明八尋清白的證據喔。」

穗香對喬許的問題做出答覆。

「真凶即使被槍射中也能照常活動，所以連合會才斷定犯人是不死者。但是除了不死者之外，我們還曉得有其他存在能辦到一樣的事情。」

「我懂了……法夫納兵！這是裝F劑的瓶子！」

喬許驚訝得聲音發抖。

軍事企業萊馬特國際企業研發的法夫納兵，是透過名為F劑的藥品催生出來的強化兵。他們的體能甚至凌駕於低級別魍獸，還擁有匹敵不死者的再生能力。連續凶殺案的犯人如果是法夫納兵，即使有目擊證詞表示對方中了幾十發子彈還能動也不奇怪。

而且，法夫納兵的另一個特徵是肌肉纖維肥大化與皮膚硬化——亦即所謂的蜥蜴人化。除非是穿伸縮性優秀的特殊纖維製成的衣服，否則F劑使用者的衣物將無法承受肉體的膨脹，進而被撐破不留原形吧。所以凶手在犯案過後才必須搶奪受害者的衣物。

「都跟穗香推理的一樣嘛，真厲害。」

「唔、嗯……謝謝你，希理。」

被希理稱讚的穗香害羞地低下頭，先前自信滿滿的態度彷彿都是假的。

「我可是從一開始就相信穗香耶。」

京太略顯焦急地介入兩人的對話。

喬許看著小朋友們如此交談，因而拚命憋笑。他大致看懂三個人之間的關係了。

隨後，喬許的防彈背心下襬被人拽了一把。

「啥？怎麼了嗎，小不點？」

喬許發現瑠奈在身旁仰望著自己，就朝她問道。

瑠奈用並未蘊含情緒的語氣喃喃回話。

「被包圍了。」

「什麼？」

喬許並沒有胡亂聽信小孩說的話，卻幾近反射性地舉起了原本扛著的步槍並環顧四周。

如果沒有瑠奈提醒，這些許的異樣感微小得讓人無法察覺。然而，確實可以感受到有視線包圍著自己，頸後有扎人的陣陣殺氣。

「隊長！」

之前有一半是來看笑話的那些部下發現喬許進入備戰狀態，都急忙衝出車子。

彷彿與其呼應，有武裝男子從周圍建築物的死角出現。光是能確認的對手就有四人，以戰力而言是打平的，但問題在於喬許帶著小孩們。

「居然有這些傢伙在監視我們的行動！可惡……！克里斯！布萊迪！開車載小鬼們脫離這裡！剩下的人跟我絆住對方！」

喬許向部下們發出指示。

幾乎同一時間，槍聲響遍街道。

喬許帶瑠奈躲進了廢棄大樓，承受彈雨的牆面火花四濺。

穗香等三人已經到裝甲車後頭避難完畢。不愧是隔離地帶二十三區的倖存者，面對緊急情況的反應迅速。即使如此，假設瑠奈與鵺丸沒有察覺敵方接近，是否來得及就不好說了。

『隊長！出現了！對方是蜥蜴佬！』

喬許的耳掛式對講機傳來部下們急迫的聲音。

敵方戰鬥員判斷靠槍戰會沒完沒了，就主動注射F劑化為法夫納兵。

「小鬼頭的推理竟然押對寶了，還真是名偵探！」

喬許換掉射完的步槍彈匣，急得歪了嘴。

嫁禍給八尋的犯人怕被識破手腳，一直守著藝廊的行動。於是在喬許等人探及真相時，敵方為掩滅證據就決意襲擊了吧。當然，喬許並未設想到有可能發生的局面，這完全是他的失策。

「慘啦，我們火力不夠……！」

喬許已經朝敵方戰鬥員轟了近十發的步槍彈，然而他們在化為法夫納兵後的身手卻依舊不變。

憑對付人類用的小口徑子彈，頂多只能絆住對方的腳步，沒辦法傷及那些人。戰鬥若繼續拖長，何止保護不了小孩們，連部隊都有全滅的危機。

然而瑠奈抱著鵺丸蹲在喬許腳邊，臉上毫無怯色。

「沒事的。趴下來。」

「啥？」

瑠奈彷彿知道接下來會發生什麼的奇妙發言，讓喬許冒出糊塗的聲音。

正是在這個瞬間，廢墟建築物間響起了落雷般的巨響。

槍擊。而且是喬許等人拿突擊步槍無法比擬的壓倒性火力展開的制壓射擊。

「多管機槍（Minigun）？連合會的維安部隊竟然來了？」

喬許察覺到那波槍響的真面目，因而發出驚呼。

有輛裝甲車搭載著以每分鐘射速兩千發為豪的六管格林機槍——對付魍獸用的大型火器，為掩護喬許等人衝了過來，其車身噴印的是連合會的標誌。

突然闖入的裝甲車讓法夫納兵們慌得停下動作，無數機槍彈便朝他們灑落。原本那些法夫納兵挨中步槍彈仍安然無恙，現在一瞬間就被射爛轟飛。

肉體被削去一半以上，就算他們擁有再出色的再生能力也無以為繼。裝甲車出現後不到三十秒，法夫納兵已經全滅。戰鬥轉眼間結束，喬許杵著呆望那幅景象。

「——辛苦你了，喬許。還有穗香，你們的表現也超乎期許。」

黑髮挑染藍色的少女從連合會裝甲車下來，若無其事且平靜地朝喬許喚道。

「小姐……？妳怎麼會來這裡？」

喬許嘴巴合不攏，無力地反問。

然而，珞瑟沒回答這個問題。因為趕在喬許質疑之前，有另一名人物向她搭話。

「妳想讓我們看的就是這些嗎，珞瑟塔·比利士？」

跟著珞瑟從裝甲車下來的，是個體格結實的壯碩老人。

葉卜克萊夫·勒斯基寧，支配橫濱的民營軍事企業連合會會首。

「沒錯。有意思吧？」

珞瑟看著斃命的那些蜥蜴人，露出微笑。

「據稱為萊馬特研發的法夫納兵啊。確實耐人尋味。」

勒斯基寧面無表情地頷首。

與他同行的幾名連合會工作人員開始動手回收蜥蜴人的屍體，穗香等人發現的Ｆ劑容器也包含在內。

八尋的嫌疑並沒有就此完全洗刷，但身為嫌犯的優先順序肯定大幅下降了。即使從連合會的立場，要釋放他應該也毫無怨言。

「我們該不會變成用來釣那些蜥蜴佬的誘餌了吧？」

喬許用怨恨的視線看向珞瑟。

當穗香他們玩起這種偵探家家酒，珞瑟還格外配合時就該覺得奇怪了。她從最初就料到事態會這麼演變，才利用喬許他們當餌。

「對方之所以現身，是因為你們掌握了證據。你們四個做得非常好，鵺丸也是。」

珞瑟一臉裝蒜地誇獎小朋友們。

自己付出的勞力受到認同，小朋友們似乎也覺得不壞。

「那麼，剩下的問題在於這群想陷害我們的人身分究竟是——」

珞瑟蹲到倒地的法夫納兵屍體旁邊，碰觸了他們原本穿的衣服。

襲擊者的衣物在化為蜥蜴人時就已經撐得破爛，遭受槍擊以後幾乎只剩下衣角。即使如此，要推敲他們隸屬何方已經綽綽有餘。

因為在防彈背心的胸口貼有隸屬部隊的標誌可供辨識。

「小姐……這塊徽章是……」

喬許探頭看了珞瑟手邊，並且睜大眼睛倒抽一口氣。
繪有王冠、馬以及惡魔的那塊徽章，對喬許來說相當熟悉。
「原來如此，是這麼一回事啊……安德烈亞！」
珞瑟鮮少表現出情緒，卻難得顯露了不悅，吐出男子的名字。
襲擊者們制服上所附的部隊徽章，跟喬許等人制服上附的完全一樣——屬於比利士藝廊的徽章。

6

『咦～～……原來彩葉姊姊是因為那樣在生氣啊？』
從橫濱要塞回宿舍的路上。絢穗借用的手機傳來妹妹凜花的聲音。
理應是去探望八尋的彩葉氣得跑回來，導致凜花為了確認其中理由而主動聯絡。
「嗯。其實是一場誤會就是了。」
坐在裝甲車副駕駛座上的絢穗顧慮到魏洋在開車，就小聲地回話。
目睹八尋與雅格麗娜在床上相擁時，老實說連絢穗都曾經大受動搖，所以彩葉會有憤怒的情緒也是可以體諒。

畢竟雅格麗娜在連合會擔任幹部，外表成熟，腿又長，還是個美女。假如她認真要誘惑八尋，絢穗到底不是對手。

然而實際交談過後，就發現雅格麗娜與外表所能想像的完美女性差遠了，說起來會給人相當遺憾的感覺。

『是喔～～不過，事情變有趣了耶。』

凜花樂得格格發笑。

「有趣？」

『對啊。畢竟彩葉姊姊會生氣，是因為她覺得八尋搞外遇吧？表示她開始對八尋有那麼在意了嘛。』

「嗯……或許是這樣沒錯。」

『這就表示，現在是妳的機會啊，絢穗。』

「機會？妳說機會是什麼意思？」

『趁現在就還有勝算的意思。妳喜歡八尋，對吧？』

「噫！」

被妹妹一針見血地點破，絢穗嚇得聲音變了調。

比絢穗小兩歲的凜花今年十二歲。對美容及時尚意見很多的她，最喜歡讀二十三區殘留的青少女雜誌，在姊妹中是戀愛知識第一豐富的。當然，對這類話題也很敏銳。

「凜、凜花？妳、妳在說什麼……」

『掩飾也沒用。倒不如說，看就曉得了。對吧，蓮？』

『凜、凜花……那個……』

忽然被凜花點名，蓮傳來困窘的動靜。

蓮在彩葉的弟弟中最為年長，拘謹得簡直不像十一歲，卻總是因此被凜花耍得團團轉而遭殃。

不過，現在的絢穗沒有餘裕同情他。

「蓮也曉得了嗎……？怎麼會……！」

『沒事的啦。反正彩葉對這方面很遲鈍，她大概連自己的心情都不懂。果然，現在是妳的機會吧？』

凜花不負責任地開口打氣。然而，她的分析頗有說服力。

「可是……不行啦，像我這樣……要跟彩葉姊姊比……」

絢穗軟弱地喃喃自語。

即使在身為妹妹的絢穗眼中看來，彩葉也是相當有魅力的少女。

她的臉漂亮得只要安靜就讓人難以親近，又肯為家人著想，對誰都一樣好。

何況，她還是名為龍之巫女的特殊存在。

自己遠不及這樣的彩葉。絢穗覺得自己實在配不上八尋。

『絢穗，妳最好要更有自信喔。要說的話，彩葉的胸部當然是強敵，可是比未來的發展，我們也不會輸啊。對吧，蓮？』

『咦咦……！』

我不曉得啦——蓮用不知所措的語氣回答。凜花無視他，又繼續說：

『戀愛可是戰鬥喔，就算彼此是姊妹也不用留情。雖然我沒有站在妳們當中的任何一邊就是了。』

『凜花，我勸妳說到這裡就夠了……』

久久沒聊戀愛話題的凜花顯得有些失控，蓮就拚命規勸她。

趁著話題停頓，絢穗開溜似的掛斷了電話。

即使凜花那樣表態，她恐怕還是在為絢穗打氣吧。或許也只是覺得事不關己，就拿別人尋開心。

「對、對不起，吵到你了。因為剛才凜花亂講話……」

絢穗把手機收進包包，並向魏洋賠罪。

手握方向盤的魏洋爽朗地微笑著搖頭。

「不會，我不介意。時局如此，能傳達心意時就先傳達比較好，有人提出這樣的意見，我也表示贊同。不管怎樣，都希望妳別讓自己後悔。」

「魏先生……怎麼連你也這麼說……！」

絢穗發現自己跟妹妹的通話被聽見了，便紅著臉垂下頭。

然而，魏洋的發言聽起來不像是在戲弄絢穗。感覺在他的嗓音裡反而有種靠經驗證實的莫名說服力。

「你也後悔過嗎，魏先生……？」

「是啊，盡是後悔。會在這個國家當戰鬥員的人，我想都一樣，就連茱麗或珞瑟也不例外。」

「這樣啊……令人意外。」

絢穗脫口說出坦率的感想。隨興又天真爛漫的茱麗，還有知性且沉著冷靜的珞瑟，雙方都是獨立而實力過人的強者，感覺實在不會懷有迷惘或後悔。

「我想也是。不過別看她們那樣，在比利士侯爵家——」

淡然道來的魏洋驀地把話打住，眼神更隨之變得銳利。

路況並未得到像樣的整頓，導致國道舊址十分荒涼。而在寬敞的道路正中央，站著一道人影。

「魏先生？」

「麻煩妳找地方抓穩。」

「咦？但是，前面有人！」

「竟然敢在連合會跟前發動襲擊。究竟是誰派的人，有什麼目的——」

魏洋踩下裝甲車的油門加速。

襲擊。這個詞讓絢穗繃緊了身體。

路上的男子緩緩朝絢穗他們回頭。看車子急速接近，男子臉上無疑露出了自信微笑。

男子依然站著擋在絢穗他們的去路，還拿銀色注射器扎向自己的頸子。紅黑色血管浮現於他的肌膚。

「趴下！」

魏洋朝絢穗吼道。

若是減速閃避襲擊者，就可能從側面遭受攻擊。所以縱使要將擋路的男子撞飛，他們仍應維持車速駛離現場。

這是紛爭地帶的準則（Theory），魏洋踩油門加速的判斷並沒有錯。不過，這僅限於襲擊者是正常人的情況。

「什麼！」

對撞的強烈衝擊襲向裝甲車，使得魏洋繃住了臉。

重量約五噸的裝甲車行駛時速近一百公里，被襲擊者迎面承受住了。而且他還強行將車體轉向。

對撞的衝擊導致裝甲車撞破護欄，衝上國道旁的人行道。接著車體撞上路旁的牆壁，以傾斜的狀態停下。

「荒謬的傢伙……他該不會……！」

身體撞到方向盤的魏洋痛得皺起臉，拔出了腰際的手槍。他踹開裝甲車的門，未經警示就朝倒在路上的襲擊者開槍。

可是，魏洋發射的子彈隨著命中男子身體的清脆聲響彈開。

在撐破的衣物底下，男子露出的肌膚覆有如大型爬蟲類的硬質鱗片。那防禦了魏洋的手槍子彈。

男子被裝甲車撞飛，更挨了子彈，卻緩緩地站起身，咧嘴一笑。

那模樣並非人類。他成了站直挺立的爬蟲類——蜥蜴人。

「法夫納兵嗎！」

魏洋將手槍剩下的子彈全轟向襲擊者。

然而，對方對那波槍擊不以為意。蜥蜴人的身軀連步槍彈直接命中都可以撐過，九毫米口徑的手槍子彈實在太過無力。

而且在領悟魏洋子彈用盡的瞬間，襲擊者就一舉躍起撲向魏洋。蜥蜴人施展出的踢擊將魏洋當成護盾的車門連同他一起踹飛。

「呀啊啊啊啊啊啊啊！」

飛了近十公尺的魏洋撞在牆面，就此倒下。目睹那一幕的絢穗高聲尖叫。

法夫納兵對那陣尖叫產生了反應，目光便轉向絢穗。

從蜥蜴人裂開到臉頰的口中冒出了沙啞得難以聽懂的言語。

「投靠比利士藝廊的，日本女人……沒想到……居然會在這種地方……碰上。」

「不……不要……別過來……！」

絢穗察覺蜥蜴人的目標是自己，因而嚇得臉色發青。

或許對方把她誤認成彩葉了，但絢穗也知道那不會帶來任何救贖。假如被發現認錯人，大有可能落得更慘的下場。

非逃不可。儘管頭腦明白這一點，身體卻瑟縮得動不了。

絢穗想盡量遠離蜥蜴人，光是移動到裝甲車後頭就費盡了心力。

「救……救救我……」

閉上眼的絢穗腦海裡浮現八尋的身影。

假如他在場，應該會輕易砍倒眼前的蜥蜴人吧，就像在二十三區初次見面的那天一樣。

可是他不在這裡，因為他被連合會拘留了。

想到這一點，絕望在絢穗心裡擴散。

然而，隨後傳來的是一陣欠缺緊張感，與現場不搭調的年輕女子的嗓音。

「唔哇……這傢伙怎麼來的，好噁！」

絢穗訝異地睜開眼睛，映入視野的是個衣著像是女高中生的制服女生。

年齡比絢穗大一些，應該與彩葉他們同輩。白襯衫搭配短裙，染得明亮的髮隙間，有耳環在耳邊閃爍發亮。

「哇，它看這邊了！善，拜託！我對爬蟲類完全沒辦法。」

制服少女目睹法夫納兵的那副模樣，便發出聒噪的尖叫聲。

被她拖到前面的，同樣是個高中生風貌的少年。

「我應該提醒過妳，別擅自行動。」

將制服穿得整齊的黑框眼鏡少年用認真的語氣告誡少女。少女看似並沒有在反省，說著

「抱歉抱歉」拍了他的背。

「你們……是什麼人……？」

蜥蜴人困惑似的看向少年與少女。

「抱歉，我沒有能對你這種怪物報上的名字。」

被稱作「善」的少年俐落地從拎著的竹刀盒裡抽出劍。

名為Small Sword的西洋細劍。質樸的握柄與具備厚度的劍刃顯示出那柄劍並非用於儀式，而是為了在戰場上運用才打造出來的。

「憑你……那種老古董……！」

蜥蜴人嘲諷似的發出咆哮，朝善攻擊而來。

法夫納兵的表皮能彈開手槍子彈，用劍無法對其造成傷害。如此篤定的男子並未留心提防，就踏進了善的出劍範圍內。

霎時間，襲向全身的猛烈劇痛讓蜥蜴人停下動作。

「這怎麼……回事？你，做了什麼……」

「別講人類的語言，怪物。」

善向男子撂話。

彷彿呼應他那樣的意志，蜥蜴人的嘴邊隨之僵住。

呼出的氣息泛白結凍，沾到唾液的獠牙覆上冷霜。善的劍尖釋出了驚人的寒氣。那陣寒氣讓蜥蜴人全身凍結，封住了他的行動。

「凝眼。消失吧。」

善隨手一劃，劍光閃過。

伴隨敲響水晶般的清脆聲音，蜥蜴人全身冒出了細密裂痕。覆有硬鱗的法夫納兵肉體像雪雕一樣脆裂四散。

依然僵住的絢穗連聲音都發不出，只能望著那悽慘的景象。

一旦全身被凍結，法夫納兵擁有的回復能力便不管用。這對不死者來說應該也是同理。眼前的少年可以讓不死者無力化。

這也表示他能打倒八尋。這樣的事實讓絢穗感到戰慄。

「妳是受比利士藝廊保護的日本人嗎？正如山瀨道慈給的情報。」

將西洋劍收回鞘裡的善朝絢穗瞥了一眼，並且靜靜說道。

「你們……跟八尋哥哥一樣……？」

絢穗用發抖的聲音問對方。

哦——善旁邊的少女開心地亮起眼睛。

「剛才妳提到了八尋對吧。我可以當成妳跟鳴澤八尋認識嗎？」

「是、是的。」

絢穗困惑地點頭，然後警醒般抬起了臉。因為她發現少女是用日文跟她攀談。

「請問……妳是日本人嗎？你們都是……？」

「對啊，我叫清瀧澄華，那邊那個沉默寡言的男生叫相樂善。請多指教。」

少女在臉旁比出V字手勢，和氣地自我介紹。

這讓絢穗感到安心，緊張的情緒稍微獲得了舒緩。

即使是初次見面，自稱澄華的少女對絢穗也很友善，名叫善的少年雖然沉默寡言，倒沒有給人粗暴的印象。加上彼此同為日本人，對方恐怕不是敵人吧——絢穗心想。

「那、那個……謝謝你們……我叫佐生絢穗。」

「絢穗是嗎？難道說，妳就是儘奈彩葉的小孩？」

澄華從自己的口袋裡拿出手機，並且問道。言外之意應該是在強調自己看了影片網站上的影片。

「啊，沒有，我不是她的小孩。我是妹妹，姑且算是。」

「啊哈哈。就是嘛……即使說日本人看起來年輕，我就覺得她沒有生小孩，看她那副外表。」

澄華把雙手放到自己頭上，還模仿彩葉「嗚汪～～」地叫。

絢穗含糊地露出苦笑。聽初次見面的人拿彩葉的言行當話題，她感同身受地難為情。

「妳認識彩葉姊姊？」

「只是在影片網站上看過影片。那個女生好可愛耶，本尊也一樣可愛嗎？都沒加工就那樣？」

「對。她本人就是那樣。」

「這樣喔～～……聽了有點嫉妒耶。」

「不，哪會啊。」

雖然跟彩葉風格差滿多，澄華無疑也是個美女。反倒是言行成熟的部分，讓她在絢穗眼裡顯得更有魅力。

「廢話說到這裡就夠了，澄華。」

善將暈厥的魏洋抬過來以後，就怪罪似的對都沒幫什麼忙的澄華說道。

「哎喲，我跟她好不容易聊得正進入狀況耶。善，你每次都這樣……」

澄華輕輕聳聳肩抱怨。

這段期間，善已經把魏洋扔在裝甲車後座。魏洋傷勢不輕，但似乎不會立刻危及性命。

確認過的絢穗鬆了口氣，善便告訴她：

「抱歉，接下來妳能不能跟我們走？」

「只有我嗎……？為什麼？」

絢穗困惑地反問。善用誠懇的眼神看著絢穗。

「我希望妳當人質。只要妳肯配合，我保證不會動粗。」

「難道說，你們的目標也是彩葉？」

絢穗無意識地防範起對方。

她知道爆料影片公開後，各方勢力都將目光聚集到彩葉身上，更知道有企業及組織想對彩葉下手。

善卻靜靜地搖頭。

「不，我對儘奈彩葉沒興趣。我要找的只有鳴澤八尋。」

「找八尋哥哥？為什麼……？」

絢穗意想不到而瞪大了眼睛。

「為了贖罪。」

善用流露出憤怒的低沉嗓音說道：

「我要那傢伙對他過去犯下的罪行贖罪。」

7

「你好～～……請問有營業嗎～～」

黑髮挑染橘色的嬌小少女從廢屋門口朝裡面喚道。

「哎呀，歡迎。」

有個美女坐在過去店家經營咖啡廳的櫃檯桌前，嘻嘻笑著回話。

因為少女表現得像是來到正牌咖啡廳的客人，把對方逗樂了。

「嗨，又見面啦，茱麗。妳怎麼會知道這裡？」

原本在店裡看著電腦的山瀨道慈抬起臉，回望茱麗。

山瀨只給了她電子信箱。明明如此，她會來山瀨他們潛伏的居所就令人意外了。

「賣情報賺錢的不是只有你們啊。」

「艾德華爺爺嗎？真讓人鬆懈不得。」

聽茱麗將謎底揭曉，山瀨看似厭煩地苦笑。

有個名為艾德華·瓦倫傑勒的老人是以南關東一帶為地盤的情報商。

他身為進口雜貨小鋪的老闆，通曉的情報卻廣泛得驚人，做起生意四通八達，是個底細不明的古怪人物。憑那個老人的本事，能掌握山瀨的下落確實也沒什麼不可思議。

「所以說，藝廊要找的是這個嗎？」

山瀨指著堆在牆際的紙箱問茱麗。

金屬製的小瓶子從紙箱蓋子的縫隙露了出來。那是裝在注射器上使用的密封容器，跟喬許他們在連續凶殺案現場找到的F劑容器同款式。

「之前你說找到了賺錢的商機才回國，原來不是指彩葉，而是F劑啊。」

完全被你騙倒了——茱麗笑道。

透過統合體，F劑的製造方式有一定比例已經被公開。然而製造需有龍之巫女的靈液。由於那難有穩定的供給，法夫納兵才被視為不划算的兵器，只能獲得低評價。

但只要獲得龍之巫女的協助，要靠販賣F劑營利是十分可行的。獲得風龍巫女——舞坂雅庇護的山瀨正是有條件這麼做的人。

「精確來說，F劑在我們賣的東西裡只占一半。」

山瀨毫不慚愧，平靜地回答。

茱麗瞪著山瀨，自信地露出微笑。

「剩下的另一半，是不是我們——藝廊日本分部的情報？」

「令人訝異。原來妳已經查到那邊了啊。」

山瀨由衷佩服似的嘀咕。

從八尋蒙受冤罪讓彩葉被困在橫濱就可以得知，顯然有與比利士藝廊敵對的勢力存在。

倘若如此，他們對於情報商山瀨等人的要求，應該不只有調查彩葉而已。他們真正想知道的，會是比利士藝廊日本分部的詳細戰力分析。

藝廊保有的戰力與隊員宿舍的警備狀況；還有弱點——山瀨佯裝要偷拍彩葉，其實已經對這些做了詳盡的調查。

「我知道你們的贊助者打算對藝廊找碴，不過這手法還真是拐彎抹角。既然目的是販賣情報，我倒覺得你根本不需要發表彩葉的爆料影片耶。」

犬齒牙尖從茱麗微笑的脣邊現形。

「或者說，那也只占了一半？」

「咯……哈哈哈哈，哈哈！」

山瀨終於憋不住似的笑了出來。

他們一方面販賣藝廊的情報收取金錢，另一方面，背後是不是仍有真正的雇主——茱麗指出了這個疑點。

「我懂了，妳會來這裡不是為了F劑，而是要確認這一點啊。原來如此。雖然早就聽過傳聞了，妳很精明，茱麗。難怪那個做作男會把妳當眼中釘。」

「做作男？難道你跟安德烈亞見過面？」

「對。提到那傢伙——」

山瀨笑著正準備回答。

雅就匆匆打斷了他的話。

「——道慈！」

她的嗓音急切，使得道慈踹翻眼前的桌子站起身。

隨後，山瀨等人所在的廢屋玻璃窗碎散了。

風暴般的巨響灌滿店內，好幾挺機關槍同時射擊。無數子彈灑落，有年代的桌椅在轉眼間變成破爛殘跡。

有三輛敞篷小貨車停在店面附近，槍擊來自各車貨架上配備的軍用機關槍。

「別鬧！」

山瀨隨咆哮拔出了腰際配的刀。

衝擊波毫無前兆地掀起，並隨著肆虐的狂風朝山瀨前方釋出。

那陣衝擊波將來襲的子彈悉數掃落，更將建築物的牆壁也化為瓦礫颳走。灰泥牆與木材的碎片侵襲貨車，將機關槍的槍手壓扁。

狂風直接變成龍捲在現場作亂，接著就跟出現時一樣突然消失了。

被捲起的瓦礫從天灑落，急遽的氣壓變化導致霧氣瀰漫。

山瀨等人潛伏的居所消失得毫無痕跡，周圍的建築物也一樣。

以山瀨與雅為中心，半徑十幾公尺範圍內的物體全被破壞得不留原形。

平安無事的只有山瀨、雅以及機靈地逃到安全地帶的茱麗。

襲擊者們搭乘的敞篷小貨車已經翻覆，呈現被瓦礫壓在底下的慘狀。

有掌聲從貨車另一端傳來。

銀髮的白人男子撥著被風吹亂的頭髮現出了身影。

招搖地配戴著珠光寶氣的昂貴飾品，儀態矯揉造作的男子。

在他的周圍，戰鬥員手持防彈盾牌。

男子似乎一直躲在安全的後方讓部下保護，還見證了山瀨等人遇襲的畫面。

「這就是風龍的神蝕能嗎？了不起。」

男子用虛情假意的口吻陳述讚詞。

山瀨先是咂嘴，然後瞪向男子。

「喂喂喂，你這是什麼意思？安德烈亞．比利士？你不是來拿剩下的那些F劑嗎？好不容易製造的商品，剛才那樣統統泡湯了喔。」

「用不著擔心，費用我會付清，連你颳走的東西都一起賠償。這樣你就沒怨言了吧？」

「還有突然被鉛彈掃射的精神痛苦慰問費。」

「我明白了。等我處理完來這裡要辦的瑣事，立刻會安排。」

安德烈亞說著就把視線移到山瀨旁邊。

雅爾心似的低頭俯視，單膝跪地的茱麗就在她腳邊。

「咦～～……是安德烈亞哥哥呢。」

茱麗一如往常用瞧不起人的語氣叫了男子之名。

然而她的表情沒有平時那麼從容。

茱麗站起身，槍彈就從她的外套七零八落地掉了下來。

襲擊山瀨潛伏處的機槍掃射是針對茱麗開火的。機槍彈的威力在貫穿障礙物之後減弱，藝廊的防彈背心勉強將其擋下了。

可是沒能防阻彈著的衝擊，仍在茱麗嬌小的身軀留下了傷害。

即使如此，茱麗還是帶著笑容挑釁地回望男子。

「安德烈亞哥哥，你身為大洋洲藝廊的負責人，怎麼會出現在這裡呢？難道是因為營收太過低迷，害你快要被解職了？」

「區區人偶，別稱呼我為兄長！茱麗葉！」

男子激動得粗聲怒吼。

他那直率的反應等於主動承認了茱麗指謫得有多準確。

安德烈亞．比利士是比利士侯爵家的一分子，跟茱麗並無血緣關係的眾多兄長之一。

身為家族成員，他被指派的職銜是在比利士藝廊的大洋洲分部擔任執行幹部。然而他在經營方面一再出紕漏，造成了鉅額的損失。

茱麗同樣身為執行幹部，當然就會知道這些事。

「假如哥哥在金錢方面有困難，我倒不是不能資助喔。只要哥哥能拜倒在地上，向可愛得像人偶一樣的妹妹懇求就好說。」

「住口，茱麗葉。看來妳還不懂我人在此地的意義。」

安德烈亞氣得肩膀發抖，並且高傲地回嘴。

有道嬌小身影從他的背後走出來。那是個穿著比利士藝廊制服的黑髮少女。

她的雙手握著大把的野戰刀。

「能活著撐過剛才的槍擊，我誇獎妳。但是，憑妳那副模樣贏得過這東西嗎？」

上吧——少女一聽見安德烈亞下令，就拔腿朝茱麗疾奔而去。

在她隨風搖曳的瀏海中只交雜了一撮挑染成黃綠色的頭髮。

「那張臉……！難道是恩莉卡？」

茱麗察覺少女的長相跟自己完全一樣，因而睜大了眼睛。

少女持刀揮下，茱麗靠手套內藏的金屬製指關節護具接住這一擊。然而大概是槍擊造成的傷害仍留在身上，茱麗沒能完全擋下攻勢，陣腳隨之大亂。

名叫恩莉卡的少女沒有錯失時機，進而一舉展開猛攻。

「沒錯。妳們這些人偶系列的最新作！鍊金術名門比利士侯爵家花了幾百年歲月，孕育出來的人造人(Homunculus)最高傑作！」

安德烈亞看茱麗被恩莉卡的攻勢壓制，便耀武揚威地嚷嚷起來。

「動手，恩莉凱特！讓茱麗葉還有珞瑟塔那種瑕疵品見識妳跟她們有什麼不同！」

「——我倒聽說，被當成瑕疵品處分的可是恩莉卡喔。」

茱麗一邊化解恩莉卡的連續攻擊，一邊不滿地回嘴。

安德烈亞聽到她那句話，就露骨地現出嫌惡的臉色。

「那是根本上的錯誤。比利士本家的那些老人，居然對區區人偶施予等同於人類的教育，甚至迎為侯爵家的一分子！」

彷彿呼應安德烈亞的憤怒，恩莉卡加快攻擊的速度。

茱麗勉強彈開從左右來襲的刀，但那就是極限了。她被恩莉卡用迴旋踢硬生生踹中腹部，直接往後方飛去。

「妳們這些戰鬥人偶乖乖地安於當兵器就夠了！看吧！管他什麼情緒或知性，道具(恩莉凱特)去除多餘的機能以後，性能遠超過妳們這對雙胞胎！」

安德烈亞看茱麗趴倒在地，露出了十分滿意的笑容。

那種反應顯示出他內心的自卑感有多根深蒂固。

比利士家族身為鍊金術世家會嘗試製作人造人，就是想靠重重的基因操作及配種，孕育出更優秀的繼承人。

儘管系列不同，安德烈亞本身理應也受到了該計畫的恩惠，但他的能力卻遠遠不及茱麗或珞瑟。

正因如此，他才把跟茱麗她們同系列的恩莉卡當成道具利用，想藉此證明自己的優勢。

「好痛……妳對姊姊是不是不夠體貼啊？」

茱麗捂著側腹起身。

恩莉卡使出的迴旋踢有著常人即使內臟被踹破也不奇怪的威力。雖然茱麗卸去了大部分的衝擊，此刻她的身手卻有欠精彩。

「結束了，茱麗姊姊。憑妳的性能贏不過我。」

恩莉卡再度舉刀。

雖然恩莉卡被視為在情緒及知性方面有問題而遭廢棄，戰鬥相關能力卻能壓倒茱麗。而且正因為缺乏感情，她不會鬆懈也不會粗心。

儘管如此，茱麗回望妹妹（恩莉卡）的表情仍顯得有餘裕。

「那可不好說喔。」

茱麗依舊沒有解除抵抗的態勢，恩莉卡不假思索地朝她靠近了。

茱麗沒辦法對她的身手做出反應。恩莉卡的刀輕易來到姊姊的頸部——才剛如此認為，恩莉卡的動作頓時停住了。

「唔！」

恩莉卡像懸絲傀儡一樣靜止於半空。

纏住她全身的是必須凝神觀察才能看見的細細鋼絲——用於對付不死者的鋼絲網。茱麗一方面防禦恩莉卡的攻擊，一方面利用周圍的瓦礫，像蜘蛛結網一樣到處布下了鋼絲。

「掰掰，恩莉卡。可以的話，妳別再露面了，因為我不想殺自己的妹妹。」

茱麗對動不了的妹妹投以微笑，然後施放從口袋取出的煙霧手榴彈（Smoke Grenade）。

她混在煙霧當中後退，翻過瓦礫後便消失蹤影。

「——萬分抱歉，負責人。讓目標逃掉了。」

用刀切斷鋼絲的恩莉卡下降到地面，並向安德烈亞報告。於是安德烈亞一語不發便踹向恩莉卡的下腹部。

嬌小的恩莉卡輕易飛了出去。她身體前彎，痛得死去活來，安德烈亞更憤恨地踩住她的頭。

「被擺了一道呢，哥哥。這樣好嗎？讓茱麗逃掉了耶。」

山瀨冷冷地看著遷怒於嬌小少女的安德烈亞，並挖苦似的質疑。

「無所謂，結果什麼也沒變。反正那些傢伙已經耽誤到了。」

安德烈亞總算消了氣，還粉飾般撫平亂髮。

「那些人偶拿到的財產都應該還給比利士侯爵家的正統繼承人，由我安德烈亞．比利士納入手中。火龍巫女也包含在內。」

「……是嗎？哎，你儘管加油。在那之前別忘了付清賠償與慰問的費用。」

山瀨聳了聳肩說道。

舞坂雅則待在稍遠處聽著男人們的對話。

沾染硝煙味的風吹過，讓她的黑色長髮隨之搖曳。

她被瀏海遮住的右眼始終盪漾著寒冷光彩，靜靜映出不久後應會化為戰場的橫濱街道。

第三幕 昔日仇敵

THE HOLLOW REGALIA

CHAPTER.3

1

「「——連續凶殺案的犯人是法夫納兵？」」

橫濱要塞的會客室。從突然來探訪的珞瑟口中聽到意外情報，八尋還有雅格麗娜兩人同時發出了糊塗的聲音。

「法夫納兵……萊馬特國際企業的強化士兵嗎？我聽說那群人是靠注射特殊藥劑，進而暫時性提升肌力與敏捷度。」

雅格麗娜帶著嚴肅的表情嘀咕。她的左手腕依然跟八尋的右手腕用手銬銬在一起。

「如果是那些傢伙，確實撐得過十幾二十發槍彈吧，可是萊馬特企業應該已經垮台了啊，Ｆ劑的工廠也跟那些魍獸一起毀掉了——」

「不，Ｆ劑的製程本身已經外流，似乎是統合體刻意洩露的。畢竟Ｆ劑對使用者的負面影響及副作用太大，正常軍隊並不會採用那種貨色。」

路瑟回答了八尋的疑問。

使人類化為蜥蜴人的F劑會讓使用者具攻擊性，剝奪其冷靜的判斷力，同時又有對肉體負荷過重的缺陷。F劑將導致士兵短命。

「統合體是判斷與其用笨拙的方式掩蓋，公開資訊比較不會造成危害嗎？」

原來如此——雅格麗娜誇張地表示佩服並點了頭。

「對。不過，這表示如果有組織認為將戰鬥員的命當消耗品無所謂，利用起F劑就沒有理由手軟。」

「為了嫁禍給我，對方不惜用那種危險的藥劑殺害無關的人嗎？」

八尋的聲音流露出嫌惡感。

路瑟面無表情地吐氣。

「應該是安德烈亞．比利士這名男子指使的，目的在於絆住彩葉。畢竟只要連合會將你拘拿，我們就無法離開横濱。」

「安德烈亞……『比利士』？」

「比利士藝廊大洋洲分部的執行幹部。那個男人相當於我跟茱麗的哥哥。即使稱作哥哥，彼此的血緣關係也只限於DNA的一鱗半爪而已。」

路瑟的表白出乎意料，讓八尋短短倒抽了一口氣。

「珞瑟，為什麼比利士藝廊的人會做這種事扯妳們後腿？」

「因為我們身在同一個組織。在比利士家族要獲得認同，只能靠實力。只要拿得出成果，即使像我們姊妹這樣的年輕人也會被授予要職，但——」

「意思是拿不出成果的話，就連兄長也會被開除嘍。」

珞瑟對八尋的嘀咕點了頭。

「安德烈亞就怕會那樣，才意圖跟藝廊日本分部搶功吧。」

「搶功？」

「一般就算搶奪自家人的資產，也不會帶來多大利益，但現在日本分部有龍之巫女。」

「彩葉嗎……」

八尋板起臉說道。透過之前跟山龍的那一戰，龍之巫女的有用性已經人盡皆知。安德烈亞．比利士身處被逼急的立場，為了得到彩葉不惜與日本分部為敵，說來並非多荒謬的事。

「難道山道大叔提到的雇主，就是妳們那個哥哥？」

「至少安德烈亞有收受山瀨道慈提供的情報，這一點應該是無庸置疑。倘若兩者有聯繫，F劑的供給源之謎也能跟著解開。」

「對喔……跟山道在一起的那個叫舞坂的女性也是龍之巫女……」

要製造F劑，必須有龍之巫女的血。

萊馬特企業製造的F劑用了鳴澤珠依的血，而安德烈亞・比利士應該得到了舞坂雅供應的血液，或者他是直接向山瀨他們購買F劑的完成品。

「——我方的申訴到此完畢。能請妳答應釋放八尋嗎，雅格麗娜・傑洛瓦？這些事可是也跟勒斯基寧解釋過的喔。」

珞瑟做完說明，就轉向雅格麗娜確認。

八尋會被連合會拘拿，是因為殺人犯被懷疑為不死者，理由就只有如此。現在出現了法夫納兵這樣的新嫌犯，還拿到了F劑的容器當物證，即使是連合會，也沒有理由繼續拘拿八尋才對。

「是、是啊。既然狀況是這樣，我也不會吝於放人，但——」

雅格麗娜看向自己的左手腕，困窘至極似的游移目光。

「還有什麼問題嗎？」

珞瑟冷冷地凝望雅格麗娜。基本上，妳怎麼會跟八尋緊貼著坐在一起——珞瑟的表情像在對她如此質疑。

雅格麗娜被那樣的視線壓倒，就認命地想坦承備用鑰匙搞丟了。然而她還沒開口，會客室的門就隨著慌忙地敲門聲被人打開。

「——失禮了，傑洛瓦室長。聽說比利士藝廊的負責人有來這裡。」

穿連合會制服的職員用帶有一絲遲疑的語氣向雅格麗娜問道。

「要找珞瑟塔．比利士的話，她是在這裡沒錯，有什麼事？」

雅格麗娜藏著依然跟八尋銬在一起的左手，用具有威嚴的語氣反問。

職員迅速敬禮後，便朝自己背後喚了一聲「進來」。

「是這位男子說有急事要報告——」

「魏洋哥！」

八尋看見攙著另一名職員的肩膀進來的男子，忍不住叫出聲。

因為魏洋理應已經回藝廊總部，卻滿身是血地出現在這裡。

「你的傷勢……！發生了什麼事！」

「抱歉，八尋。絢穗被擄走了。」

魏洋似乎是肋骨附近受了傷，痛苦似的一邊呼吸一邊答話。

「絢穗被……？」

八尋茫然嘀咕。彩葉被拐走還能理解，但絢穗何止不是龍之巫女，身為一般人的她連戰鬥員都不算，敵人沒理由特地跟擔任護衛的魏洋交戰而把她帶走。

「你們是被法夫納兵襲擊了吧？」

「……沒錯，珞瑟。與我交戰的是跟ＲＭＳ傭兵同種類的蜥蜴人。」

魏洋對珞瑟點出的事實表示認同。接著他從制服胸口拿出了一封信——儼然令人聯想到決鬥狀，將紙捲起來的古風書信。

「不過，殺死法夫納兵然後將絢穗帶走的是另一派勢力。在我失去意識的期間，對方留下了這個才走。」

「信……？用日文寫的？」

八尋看了魏洋拿到的信，因而發出驚呼。他沒有想到在名為日本的國家滅亡之後，自己仍會有收到這種東西的一天。

「寫信者——是相樂善啊。令人意外。」

珞瑟看見信末的署名，便微微地挑了眉。八尋訝異地反問：

「妳知道這名字嗎，珞瑟？對方是什麼人？」

「他是受水龍（Acedia）巫女清瀧澄華庇護的不死者。」

「不死者……我懂了……」

八尋在大受動搖的同時，內心也感到有些理解。

倖存的日本人，而且對方具有足以殺死法夫納兵的能力。假如除了不死者還有這樣的特殊分子存在，反而才令人驚訝。

「那封信裡是怎麼寫的？」

雅格麗娜探頭看了以毛筆用心書寫的紙捲，並且問道。

「絢穗在他們手上，想把她要回來的話，我就得過去接她——上面是這樣寫的。」

八尋將信的內容草草做了總結。

並沒有特別訂期限，也沒有設條件叫他獨自到場，指定的地點是舊三澤公園的田徑場。從橫濱要塞出發的話，距離約為兩公里。

「所以並不是為了謀利才綁架的？犯人的要求是什麼？」

雅格麗娜疑惑地開口確認。

「信裡面沒有叫我帶錢到場，單純只是想找我過去吧。雖然不知道對方是否對我有什麼怨恨——」

八尋是初次得知相樂善這名不死者的存在，就算自己遭他怨恨，八尋也不會曉得其中的理由。

「水龍巫女也跟那個叫安德烈亞的傢伙有勾結嗎？」

八尋突然想到似的問珞瑟。好比先前設局讓八尋蒙受連續凶殺案的嫌疑，這次對方綁架絢穗會不會也是以絆住他為目的？八尋如此思索。

然而，珞瑟靜靜地搖了頭。

「不。清瀧澄華的後盾是海運企業，諾亞運輸科技。我不認為立場中立的他們會來介入民營軍事企業的鬥爭。」

「單純是相樂他們擅自出手嗎?怎麼會挑這個時間點?」

「這對他們來說反而是時機吧。既然彩葉人在橫濱，就表示跟她訂下契約的你也會在附近。」

「換句話說，這些傢伙也是看了山道的影片才來的嘍……」

八尋厭煩地仰頭望向天花板。

安德烈亞·比利士會找藝廊日本分部滋事，還有水龍巫女他們會擄走絢穗，所有事的源頭都來自山瀨揭露彩葉真面目的那部影片。彷彿一切都是山瀨設的局，不免令人反感。

然而無論原因如何，絢穗依舊是單純被連累的受害者。就算不知道相樂他們的目的是什麼，八尋都沒有對她棄之不顧的選擇。

「魏洋哥，能不能向你借一把刀?」

八尋用認真的語氣問魏洋。

魏洋點頭，然後默默遞出自己的刀。那是藝廊的配給品，漆成黑色的帶鞘短刀。八尋收下並從鞘裡拔出，還調適呼吸為了迎接之後的疼痛。

「你打算做什麼，鳴澤八尋?」

雅格麗娜表情僵硬。八尋不予理會，高舉左手便說:

「抱歉，雅格麗娜小姐，也許會弄髒妳的衣服。」

「等、等等——！」

當著瞪大眼睛的雅格麗娜面前，八尋拿刀劈向自己的右手腕。他直接用蠻力砍斷右手腕，解放被手銬拘束的右手。

「唉，可惡……真夠痛的……！」

八尋咬緊牙關忍受痛楚，並把砍斷的右手抵在沾滿血的手腕上。切斷面散發出深紅霧靄般的蒸氣逐漸癒合，沒經過幾秒，八尋的手腕就接回原位了。雅格麗娜則屏息看著那太過可怕的景象。

「這就是……不死者嗎……」

雅格麗娜低頭看著留在自己左手腕上的手銬，茫然吐氣。

就算知道立刻會痊癒，砍斷自己手腕這種事憑正常觀念是做不出來的。然而八尋為了去救絢穗，毫無迷惘地斷然做出決定。

八尋在過去大概已經做過好幾次跟這類似的選擇吧——雅格麗娜直覺領會到這一點。要在眾多魍獸遊蕩的這個瘋狂世界存活，就算身為不死者，也只有主動削肉淌血一途。

「你打算一個人去？」

珞瑟用平淡的語氣問道。

「對方要找的只有我，總不能將彩葉牽連進來吧。」

八尋隨手拿起信晃了晃。

「我倒不覺得你有理由冒著危險去救佐生絢穗耶。」

「……妳說這話是認真的嗎，珞瑟？假如彩葉知道我棄絢穗於不顧，妳總不可能無法想像她會有什麼反應吧？」

八尋一臉傻眼地回望冷冷質疑的珞瑟。當然，珞瑟並不是真的想拋下絢穗不管，這點道理八尋也明白。

「這樣的話，你更應該帶彩葉去，不是嗎？」

魏洋仍然倚著牆壁，虛弱地告訴他。

然而，珞瑟對他的建議予以否定。

「很遺憾，我可不能准許。」

「我想也是。如果對方只有相樂倒還好，畢竟山瀨大叔跟珞瑟的大哥都在覬覦彩葉嘛。因此相樂他們也是有跟那些傢伙聯手的可能性。」

八尋並沒有失望，而是冷靜地表示同意。

基本上，既然對方同為不死者，就算帶彩葉去也不保證絕對能贏。這樣的話，不如由八尋獨自出面談判，在最糟的情況下還能以較少的犧牲了事。

「更何況，光看這封信的內容，也不曉得那個叫相樂的傢伙有沒有意思跟我交手。對方只想交個朋友的可能性又不是零。」

八尋打趣似的說道。他有一半以上是在逞強。絢穗既已被抓去當人質，善就不可能懷有好意，應該有相當高的機率會演變成廝殺。

「狀況我明白了。這場人質談判，我也與你一道同行。」

雅格麗娜緊握左手的手銬，鄭重說道。

八尋將納悶的視線轉向她。

「與我同行……呃，雅格麗娜小姐要跟我去？為什麼？」

「橫濱的治安維護歸連合會管轄。縱使綁架犯是不死者，也總不能放任對方撒野啊。這、這絕對不是夾雜私情喔。」

「我可什麼都沒說──」

講話莫名快的雅格麗娜急著辯解，珞瑟便冷冷地回望她。

「所以妳跟八尋發生了什麼，雅格麗娜·傑洛瓦？」

「我強調過這並非私情吧！」

「……沒辦法，藝廊這裡也會安排後援的部隊到場。最糟的情況下，搶回人質就跑也是個辦法──」

當珞瑟語帶嘆息地說到一半時，她的胸前響起了震動聲。密碼通訊器接到來訊。

珞瑟瞥向酷似手機的無線電，然後微微瞠目。對鮮少顯露情緒的她而言，那是最高層級的驚訝表現。

「珞瑟……？」

出了什麼事——八尋問道。珞瑟帶著流露出焦躁的神情搖頭。

「看來，安德烈亞採取行動了，為了偷襲藝廊的日本分部。」

「「偷襲……？」」

八尋與雅格麗娜再次齊聲反問。

即使雙方敵對，仍身處同宗的企業，況且珞瑟與安德烈亞還是兄妹。照理說，任誰都無法想像他會選擇在連合會的跟前動武。

「對方似乎聘了鄰近的民營軍事企業聚集戰力，投入的裝甲戰鬥車輛超過一百輛，戰鬥員起碼有一千人。與其稱作偷襲——」

這已經算是戰爭了呢——珞瑟說道，毫未表現出絕望，語氣雲淡風輕。

而在她的手裡，無線電正為了通知緊急事態而不停震動。

2

「妳喝得下咖啡嗎？不要緊吧？」

澄華拿著金屬製馬克杯，用悠哉的語氣問絢穗。

「可以的，不要緊。呃，謝謝妳。」

「別客氣別客氣。來，這裡有砂糖與奶精，隨妳用。」

澄華先把馬克杯擱到絢穗面前，然後手法熟練地拿了露營用的萃取壺替她倒咖啡。現沖的咖啡香在房間裡飄散。

過去腹地廣闊的運動公園舊址，面朝田徑場的休憩所內。

橫濱有連合會管轄，屬於相對安全的土地，但是來到這附近便會有魍獸頻繁出沒。這使得傭兵們也很少靠近這一帶。

公園裡有如此杳無人煙的廢墟，澄華與善似乎就把這當成了巢穴利用。

「好好吃……」

將切好分來的蛋糕送進口中後，絢穗發出了驚嘆聲。

那是塊尋常無奇的磅蛋糕，口感卻滑順綿密得令人訝異，跟絢穗自己待在二十三區時所做的蛋糕截然不同。

「幸好妳喜歡。從善的那張臉可看不出來，他拿手的只有烹飪呢。」

澄華愉悅地笑逐顏開。

「廚藝跟長相並沒有關聯吧。」

收拾廚具的善瞪著澄華抱怨。

語氣固然不悅，卻沒有恐怖的感覺。跟瞬間解決法夫納兵時判若兩人，澄華與善都性情溫和，對絢穗也很親切。

「對不起喔，讓妳經歷可怕的事情。那是叫比利士藝廊，對吧？等事情辦完，我們就會送妳回去。」

澄華關心似的對沉默下來的絢穗說道。

絢穗默默點了頭。她被強行帶來是事實，因此向對方道謝感覺也滿奇怪。

「請、請問……你們把八尋哥哥叫來，是打算做什麼？」

相對地，她豁出去發問。

絢穗知道善留了信要叫八尋過來，因為她有實際目睹動筆的場面。

「妳所認識的鳴澤八尋，是什麼樣的人物？」

大概是為了避免造成絢穗的恐懼，善依然站在遠處，反過來問她。

「溫柔的人。他有好幾次都賭命救了我們這群兄弟姊妹……」

儘管疑惑，絢穗還是回答對方。

與不死者這種威風的頭銜形成對比，絢穗認識的八尋是個挺普通的少年。雖然說，他本人大概懷有避免跟人往來的心態，可是到最後都會搭理愛管事的彩葉，對於絢穗的弟妹們也多有關照。八尋基本上是個溫柔的人，只要在他身邊看著立刻就會懂。

然而，善聽絢穗這樣回答，臉上的表情卻十分冷漠。

「這樣啊。那倒是令人意外。」

「意外……會嗎？」

「對我們來說，鳴澤八尋只給人惡魔般的印象。」

「惡魔？」

絢穗詫異地回望對方。強烈的字眼跟自己所知的八尋形象完全不符，不禁讓她懷疑那是不是在開玩笑。

然而，善卻垂下了視線，氣得聲音發抖。

「用怪物形容都還算厚道的。那傢伙不能留在這個世界。鳴澤八尋若有不死之身，我就要將他冰封埋到永久凍土底下，像被軟禁在悲嘆河的魔王路西法那樣。」

「怎麼會……你為什麼……」

絢穗無意識地嘀咕。她不懂為什麼善會如此憎恨八尋。

可是，如果要斷言那是毫無根據的誤解，他的憎恨又太過鮮明。

善肯定知道些什麼。他知道絢穗並未見識過的真相。

「絢穗，記得妳是十四歲，對不對？」

彷彿在體恤心思混亂的絢穗，澄華開朗地出聲發話。

「所以妳在大殺戮發生時才十歲吧。妳跟彩葉從那時候就一直在一起嗎？」

「……是的。我都是在二十三區生活，一直到前陣子，因為大人都不在了，後來就只有我們這群兄弟姊妹。」

「二十三區……隔離地帶啊。」

善的眼裡浮現了一絲驚訝之色。

受到留在都心的「冥界門（Ploutonion）」影響，過去被稱作東京的城市已經變成有大量魍獸棲息的危險地帶。事實是世界各國的軍隊都放棄了那樣的廢墟，過去絢穗他們會住在當中應該頗令人意外。

「因為有彩葉和鵺丸——魍獸們一直保護著我們。」

「魍獸……保護了你們？」

「是、是的。」

善露出嚴肅的表情，跟澄華面面相覷。

他們難掩動搖的模樣，讓絢穗產生了一股模糊的不安。即使雙方同樣是龍之巫女，對澄華來說，彩葉可與魍獸溝通的能力似乎仍令她感到奇異。

「澄華姊姊，請問你們之前是怎麼生活的？」

絢穗隨即改換話題。不知怎地，她覺得自己不該對他們多透露彩葉的事。

所幸澄華並沒有勉強繼續談彩葉的事，還爽快地回答絢穗的問題。

「這個嘛，我覺醒成龍之巫女算比較晚的。」

「比較晚？」

「對啊。」

澄華悄悄在絢穗面前伸出自己的手。

她的手掌上籠罩了一層白霧，不久便有晶瑩的透明顆粒盈現。那是看似花瓣的大顆雪花結晶。

「我察覺自己有這種力量，是在大殺戮結束後差不多過了兩年吧。剛好我跟善也是在那個時候認識的。」

「在那之前妳都是一個人嗎？」

「不是，沒那種事喔。因為我待在娼館。」

「娼……館……？」

「沒錯。我做的是撫慰那些疲於擊退魍獸的大叔，然後收取金錢的工作。」

澄華使壞似的露出微笑。

依然望著她的絢穗說不出話。

澄華的年紀是十八歲，表示她在大殺戮剛結束時跟現在的絢穗一樣是十四歲。

然而，有別於受彩葉保護的絢穗，她是隻身一人被拋棄在這個世界。於是澄華出賣自己的身體活了下來。光是想像那樣的恐懼與絕望，絢穗的全身便失去血色。

「啊，抱歉。妳別露出那種臉嘛。收留我的老闆是個還不錯的人，我的遭遇並沒有多糟喔。要說的話，善的遭遇才叫悽慘呢。」

「……就此打住吧，澄華。她不用知道那些。」

善打斷了澄華說話。他的語氣倒是溫和平順，感覺反而表達出他過去的經歷有多悽慘。

「對不起……我什麼也不懂……」

絢穗低下頭，軟弱地向兩人賠罪。即使她明白自己沒有資格哭，卻還是止不住眼淚。

「妳沒什麼好道歉的。」

善略顯為難地視線亂飄。

澄華看到善那樣的態度，就賊賊地笑了起來。

「……你們兩位……都很八尋哥哥嗎？」

不停抽咽的絢穗問道。善緩緩地搖頭。

「我並沒有恨他。只是，我不能容許那傢伙存在。就這樣而已。」

「請等一下，你們搞錯了。」

絢穗粗魯地用手背擦去眼淚，並且大大地搖頭。善納悶地回望她說：

「搞錯？哪裡搞錯？」

「引發大殺戮的人是八尋哥哥的妹妹，所以八尋哥哥為了贖罪，一直在尋找他妹妹的下落——」

「呵……」

善聽了絢穗說的話，似乎忍俊不禁，低著頭抖起了肩膀。

那陣顫抖擴散到善的全身，最後他便笑出聲音。

「善……先生？」

「呵……哈哈……！哈哈哈哈哈哈！原來……哈……原來，鳴澤八尋是當真相信有那種事嗎？聽了怎麼能不笑！」

「你說的是什麼意思？」

「呃，不用多談了……感謝妳，佐生絢穗。」

善一邊拚命憋笑，一邊溫柔地搖頭。

他散發出令人不寒而慄的冰冷殺氣，靜靜地繼續說：

「妳所說的很有意思。假如鳴澤八尋真被那種利於自己的妄想迷了心竅，就讓他在美夢中了結吧。」

3

裝甲車載著八尋等人挺進日落後的公園舊址。

駕駛者是雅格麗娜，沒有其他人共乘。為防範安德烈亞・比利士偷襲，珞瑟與魏洋已經回到藝廊總部。

相樂善的落腳處立刻就分辨出來了。

在無人廢墟中，只有一棟建築物冒出燈光。防備之薄弱簡直令人傻眼，設陷阱的可能性卻偏低。對方是擁有不死之身的不死者，奇襲或狙擊都不管用，才無需警戒。

然而，八尋也有相同的條件。

裝甲車在建築物前停下，八尋大方地現出自己的身影。

幾乎同一時間，有幾道人影從建築物裡出現了。

穿著高中制服的少年與少女，還有身穿水手服的絢穗。

「絢穗！妳還好嗎！」

八尋壓抑內心的焦慮，並且喊道。

遠遠看去，絢穗並沒有醒目的外傷，身體似乎也沒有受到束縛。

「八尋哥哥……那個……！」

絢穗帶著懷有迷惘的表情，想向八尋表達些什麼。

穿制服的少年上前打斷了她。

「鳴澤八尋？」

「我照著吩咐過來了。這玩意兒是你們寫的吧？」

八尋攤開摺起的書信，一邊問道。

少年——善靜靜地點了頭。

「做出抓人質這種卑鄙的行為，我要向你謝罪。我們會釋放佐生絢穗。」

「啥？」

善的言詞直率得與現場氣氛並不搭調，讓八尋有些錯愕。原以為談判會更加麻煩的他早有準備，因而落得像是白忙一場的心境。

「你會釋放絢穗……呃，這樣真的好嗎？」

「我們從一開始就是這麼承諾的。」

善對疑惑的八尋做出答覆。彷彿在替他的話背書，待在他身後的少女——清瀧澄華輕輕地推了絢穗的背。

「掰掰，絢穗。保重喔。」

絢穗不斷回頭看笑吟吟地揮手的澄華，並朝八尋他們邁出步伐。

從絢穗的態度看不出她對善與澄華懷有恐懼。光是如此，就可以明白他們有善待絢穗。

「雅格麗娜小姐，不好意思，麻煩妳照顧絢穗。」

將回來的絢穗託付給雅格麗娜以後，八尋重新面對善與澄華。

雖說人質獲釋，但這應該不代表善與澄華願意罷休。

八尋反而認為這是宣戰。善已在言外表明接下來不會有談話，事情只能靠不死者之間的廝殺做出了斷。

「等一下，八尋哥哥。他們並不是壞人——」

備戰的八尋殺氣高漲，絢穗便打算制止。

於是，絢穗的腳邊突然泛白結凍了。

善舉起西洋劍前端一指，好似要阻絕絢穗的去路。

冰之神蝕能——「要是阻礙我跟八尋交手，寒氣便不會留情」。威力並非止於威嚇的攻擊蘊藏著這種決心。

「我可以等妳們離開這裡。如果不想被波及，妳最好盡快帶她走。」

善對雅格麗娜警告。

「難道你想與連合會為敵，不死者？」

雅格麗娜呆愣地看著結凍的地面，但還是毅然回嘴。

善對她說的話嗤之以鼻。

「我不在乎妳們，想留下來的話就隨便妳。不過，到時候我不保證妳們能活命。」

「妳走吧，雅格麗娜小姐。」

八尋用緊繃的嗓音催促雅格麗娜。

雅格麗娜糾結地抿脣，不久就認命地點了頭。她硬是把抗拒的絢穗推進裝甲車，然後急催油門從現場離去。

八尋確認裝甲車已經離得夠遠，便走近善。

不必提高音量也能對話的距離。換句話說，那是只要踏出一小步，鋒刃即可觸及彼此的距離。

「先感謝你肯放絢穗走。另外，也感謝你們從法夫納兵手中救了她。」

「那並不是為了你。」

善對八尋的謝詞冷冷地給了回應。不近人情的傢伙——苦笑的八尋心想。

不過，既然對方懷有敵意，像這樣明快才好。

「所以說，我可以理解成你們有意殺我吧？」

「你懂得很快，鳴澤八尋。」

善似乎微微笑了。

「姑且告訴我理由好嗎？」

清瀧澄華之前對絢穗是那麼友善，卻連她都冷冷地看著八尋。掩飾不盡的憤怒與憎恨傳達而來，著實讓八尋吃不消。

「我才想問你。鳴澤八尋，你還想不起自己所犯的罪嗎——」

「我犯的……罪？」

善的質疑讓八尋忍不住苦笑。他認為那早就數也數不盡了。

偷竊與轉賣古藝品；雖說是正當防衛，八尋在二十三區殺的法夫納兵就算用上雙手指頭也不夠數；還有山龍巫女——三崎知流花以結果而言也是被八尋他們逼死的。

然而，對方講的應該並不是這些。

「我說啊，四年前發生的事，你真的什麼也不記得？」

澄華看見八尋的表情，似乎就產生誤解而扯開嗓門。

「妳是指珠依召喚的龍嗎？」

「……鳴澤珠依召喚的龍，是嗎？聽你的口氣簡直像事不關己。」

善瞪向冷靜地反問的八尋。

「我沒能阻止珠依是事實，也不想為此辯解。想恨我的話，大可隨你們高興。」

八尋自嘲似的聳聳肩，然後當面朝善瞪了回去。

「——可是，我沒有打算死在你們手上。我得阻止珠依，她到現在仍恨這個世界。放著不管的話，同樣的事還會重演好幾次。」

「明知道如此，你為什麼還跟儘奈彩葉訂了契約？你想重蹈覆轍嗎？」

善口氣火爆地詰問八尋。

他說的話讓八尋產生了疑惑。

「彩葉？跟她無關吧？彩葉可沒有毀滅世界的念頭耶。」

「也對，畢竟想毀滅世界的是你本身。」

「什麼意思？」

八尋大感困惑地反問。有些不對勁，雙方說的話牛頭不對馬嘴。

將龍召喚出來，引發大殺戮的是珠依。八尋不可能搞錯。畢竟八尋親眼目睹了她將龍喚出的模樣。

「夠了，善。這傢伙真的什麼都不懂。」

澄華豁出去似的撂話。

「沒錯，再跟他多說也沒用。」

善用祈禱般的架勢舉起西洋劍。帶寒氣的劍身泛白凝霜，冰之結晶開始在他身邊起舞。

八尋反射性拔出了腰際的刀。

之前被連合會拘拿，使得九曜真鋼不在他手邊。就算有九曜真鋼，對目前無法動用神蝕能的八尋來說也是白搭。

靠普通的刀，不曉得能應付善的攻勢到什麼地步。儘管只能充數，總還聊勝於無，至少應該能發揮讓善提防的效果。畢竟要對付並非不死者的澄華，即使是用這把刀也會有足夠殺傷力——

「你似乎認為引發大殺戮的是鳴澤珠依，不過那就錯了。四年前出現的龍，就是你本身，鳴澤八尋！」

善持劍刺出。

那並非單手劍能以劍鋒觸及的間距。可是，受凜冽寒意侵襲的八尋縱身後退了。隨後，八尋原本站的位置霍地結凍。

空氣中的水分完全結晶化，尖銳的霜柱徹底覆蓋了地面。假如八尋硬生生接下那波攻擊，肉體應該已經被完全冰封了。

然而，八尋並不是因為善的攻擊極具威力才心生動搖。

善在出手前說的話，其內容讓八尋受了震撼。

「你們……在胡扯什麼……」

善的神蝕能效果範圍並不廣，有效距離頂多六七公尺。況且在生效前還有時間上的延遲，要迴避不算困難。

八尋閃躲的身手卻顯得遲鈍。

彷彿要讓頭蓋骨裂開的劇痛正持續朝八尋來襲。四年前從記憶中脫落的景象，變成了片段的影像閃現於腦海。

——太好了……哥哥，你還活著……

廢墟城市被深紅如血的雨打濕。

以倒下的成群大樓為背景，白髮少女開口相告。

她嘴邊露出歡喜的笑容。眼裡映著漸毀的世界，少女幸福地笑了。

——還是說，你死不了呢？

然後她向八尋問道。

過去八尋喚作妹妹的少女，背後帶領著一條龍。

呈螺旋狀游於雲海，睥睨著大地的虹色「怪物」——

既恐怖又夢幻的那一幕喚醒了差點遺忘的疑問。

白髮少女並不是龍。

她只是召喚了龍而已，跟自身肉體化為山龍的三崎知流花不同。

所以，珠依並未失去人類的外貌。因為她並沒有變身為龍。

「啊……啊啊……！」

八尋的喉嚨冒出了痛苦的悶哼。

原本蓋上的記憶被打開。不該想起的罪惡記憶——

鳴澤珠依並不是龍。既然如此，她召喚的龍究竟附到了誰的身上？

不死者。

淋了龍血，獲得不死肉體的存在。

可是，為什麼不死者蒙受龍之巫女的庇護，就可以使用與龍相同的權能？

為什麼受了喪失大半肉體的傷勢，也能再生復原？

還有，八尋稱作「血纏（Gore Clad）」的血鎧源自何處？

那副模樣，簡直像長出了龍鱗——

——再見，哥哥。能遇到你實在太好了……

珠依那天說的最後一句話於耳朵深處復甦。

由珠依召喚出來，八尋目睹的虹色巨龍，是消失到哪裡了——

不，它並沒有消失。

那條龍附到了人類身上。附在八尋體內。

「唔啊啊啊啊啊啊啊啊啊啊啊啊啊啊啊啊啊啊！」

八尋用雙手抱著自己的頭，發出狂嚎。

無法控制的強烈龍氣從他全身散發而出。

他回想起來。那一天，珠依將八尋本身變成了龍。

然後，八尋依她的期望發動了龍之權能。

他在東京都心開啟冥界門，把眾多魍獸喚到了這片大地。

而且八尋的身影透過媒體散播出去，讓收視者遭受汙染而癲狂，驅使人展開殺戮。大殺戮的導火線，就是八尋本身。

「——善！」

「我明白！」

澄華瞪著出現失控徵兆的八尋叫道，善也在握劍的手上使勁。

善的肉體被淡藍色的鱗片狀鎧甲包覆，籠罩劍身的寒氣更添猛烈。

「至少我可以一劍了結你，省得你繼續苦惱——【冰瀑（Icefall）】！」

善朝八尋衝了過去，勢頭驚人地持劍刺出。

從劍尖釋出的寒氣令周圍空氣泛白凍結，並且襲向八尋。

不只是大氣當中的水蒸氣，連氮與氧都能凝固的凶猛神蝕能。極低溫的冰槍將八尋吞沒，在轉瞬間凍結其全身——理應會如此才對。

善的攻擊卻沒能觸及八尋。

橫掃過境的衝擊波颳走善的攻擊，救八尋逃過一劫。

「為什麼……！」

澄華茫然睜大眼睛驚呼。

衝擊波席捲而過的餘威掀起了風暴，像護牆一樣呼嘯著阻擋善的追擊。

在那道狂風護牆的另一端，有人影如搖曳的蜃景出現。對方利用空氣折射的效應掩飾蹤跡，神不知鬼不覺地接近到八尋身邊。

不久後，完全現出身影的是一名氣質近似獵犬的年輕男子，還有拄著銀色手杖的女子。

在旋風吹拂下，她的黑色長髮隨之飄揚。

「山瀨道慈嗎……」

善重新舉劍備戰，並且不悅地直呼男子的姓名。

山瀨嘲弄似的從喉嚨發出格格聲響，當場擺出挖苦人的笑容。

「抱歉，相樂。我們還有事要找這傢伙，放他一馬，別讓他變冰雕。」

「你覺得我聽了就會乖乖退讓？」

縮成一團的八尋被山瀨挺身保護，善毫不鬆懈地瞪向他。

山瀨是蒙受風龍庇護的不死者，其神蝕能操控的是大氣本身，善則是以大氣中的水分子為媒介來發動權能，相較下處於劣勢。可以的話，善希望避免跟對方正面發生衝突。

可是，山瀨卻將握著刀的雙手舉到頭頂，彷彿表示自己無意一戰。

「你們的心情倒不是無法體會，但我也有生意要做。哎，感謝你們把這傢伙從火龍巫女身邊引開，多虧如此，省了不少工夫。」

「什麼……？」

山瀨岔題的說話方式讓善一瞬間轉移了注意力。

那使得善沒能及時察覺「她」的存在。

有個穿黑色禮服的嬌小少女就站在八尋身旁。她的頭髮被月光照耀，純淨潔白得有如飄落積起的雪。

「歡迎回來，哥哥……來吧，請你回想，想起你真正的模樣——」

她那呢喃般的嗓音在八尋耳邊編織成句。

黑暗中，她的雙眸像寶石一樣紅紅地發亮。

「鳴澤珠依……！」

善吼出少女的名字，同時也解放了神蝕能。

凍結的大氣化為致命洪流，直朝鳴澤珠依湧來。

霎時間，八尋抬起了臉。

然後大地隨著巨響產生震盪，善與其他人的視野被黑暗籠罩了。

4

聽見茱麗負傷歸來的消息，彩葉急忙趕到了醫務室。

茱麗在藝廊日本分部的戰鬥員之間極受歡迎，因此醫務室周圍聚集了許多看起來心神不寧的男隊員。

彩葉撥開那些人闖進醫務室後，就看見茱麗盤腿坐在床上，將繃帶像纏胸布一樣綁住胸部的模樣。

「茱麗！」

目睹她全身都是貼布的慘狀，彩葉的聲音變了調。

「妳怎麼會傷成這樣？出了什麼事！」

「啊～～這個嗎？我被機關槍稍微掃射了一下。」

「機……機關槍射中妳了嗎！」

「嗯，不要緊。這點傷，立刻就會痊癒。」

茱麗說著就把紅腫發黑的上臂舉起來給彩葉看。全身有多處嚴重挫傷，說不定骨頭也裂開了。

然而茱麗的動作並不遲緩，臉上有著餘裕。

「因為我們就是這樣被創造出來的。雖然沒辦法像八尋一樣瞬間康復就是了。」

「那還用說！反正妳靜養就對了！要纏繃帶，我來幫妳纏！會痛的時候就要說痛，不要逞強！」

彩葉硬是從茱麗手裡搶走繃帶，既笨拙又用心地開始幫她處理傷勢。

茱麗露出以她來說算稀奇的略顯疑惑的表情，彷彿從出生以來第一次聽人這麼說才會有的反應。於是她嘻嘻笑了出來。

「妳真的好像媽媽耶，彩葉。」

「話說到這裡不是應該用白衣天使形容才對嗎……？」

「哎，能靜養的話，我也希望靜養就是了，但狀況好像不容我們說這些。」

「咦？」

在茱麗抬起臉的同時，有新的人影走進醫務室。有著褐色肌膚的高挑女戰鬥員——小隊長帕歐菈．雷森德。

「茱麗……橋斷了。東與西的兩座橋都是。」

帕歐菈不假辭色地報告。

「橋……是會斷的嗎？」

驚愕過頭的彩葉喃喃嘀咕。

藝廊的隊員宿舍及總部位於面朝橫濱港的海埔新生地。這一區以往設有保稅倉庫，四面被海與運河環繞，不過橋就無法到任何地方。

如今失去橋樑，表示藝廊已經完全從四周孤立。

「只剩南邊的橋啊？事情麻煩了呢。對方打算斬斷退路困住我們嗎？」

茱麗用欠缺緊張的嗓音說道。彩葉臉色緊繃地看了茱麗。

「妳說困住我們……是我害的嗎？」

「對方覬覦的肯定是妳，不過要說是妳害的好像就不太對了。畢竟招惹到安德烈亞怨恨的人是我跟小珞。」

「……安德烈亞？」

茱麗提到的陌生名字讓彩葉蹙了眉。

「沒錯。安德烈亞・比利士，比利士藝廊大洋洲分部的負責人。雖然彼此幾乎沒有血緣關係，他姑且算是我們的哥哥。」

「妳哥哥把藝廊包圍了？為什麼？」

「說來就是常見的繼承人之爭。誰教那個人的分部經營不善呢。說不定他是想將龍之巫女搶到手，趁勢賭一個逆轉的機會。」

「為了那種理由……」

彩葉還沒有感到憤慨，就先冒出強烈的乏力感。

對方打算將龍之巫女納入手中的理由，還有為此對妹妹們心懷怨恨的念頭，到底都不是彩葉能夠理解的。

「問題在於扯到了安德烈亞，這場戰鬥就被當成比利士藝廊的自家糾紛了。換句話說，我們沒辦法期待連合會來調停。」

茱麗一邊將制服襯衫穿在繃帶上面，一邊憂心地搖搖頭。

「還有，如果把其他覬覦妳的民營軍事企業都視為安德烈亞僱用的人手，就表示他可以大搖大擺地朝我們家打來。」

「照這樣下去，時間過得越久……在戰力上越會落於不利。」

帕歐菈語氣冷靜地補充。就是啊——茱麗彷彿事不關己地接話。

「彩葉的那些小孩呢？」

「我讓他們去防空洞避難了，跟非戰鬥人員一起。」

「是喔。那就暫且可以安心嘍。」

「等一下！絢穗她……去了橫濱要塞的絢穗沒有回來，魏先生也是。」

彩葉連忙插嘴。

絢穗還有擔任她護衛的魏洋在彩葉生氣回來之後，仍為了跟八尋對話而留在橫濱要塞。然而，後來經過了五個小時以上，如今他們倆還是沒有回到隊員宿舍。何止如此，毫無聯絡的狀況甚至一直持續至今。

「絢穗的部分不用擔心。」

「咦，珞瑟？」

忽然有聲音從背後傳來，讓彩葉訝異地回頭。

悄悄出現在醫務室的是交代過要解決連續凶殺案，理應早就獨自動身的珞瑟。即使目睹姊姊滿身繃帶的模樣，她也沒有改變臉色。

「妳曉得絢穗在哪裡嗎？」

「她只是被水龍『艾希帝亞』的巫女和不死者綁走了。」

「妳說被綁走……意思是被人綁架了嗎！水、水龍巫女又是誰……？」

接連聽到聳動的字眼，彩葉慌得眼睛都花了。

「綁架絢穗的犯人要求八尋獨自過去見他們——所以，他現在去接絢穗了。」

「妳讓八尋一個人去了嗎！可、可是我不在的話，八尋就——」

「無法使用神蝕能呢。」

「明明知道這一點，妳怎麼還……」

彩葉邊出聲抗議邊逼近珞瑟。

然而，珞瑟好像不懂她怎麼會問那種理所當然的事，因而歪過頭說：

「總不能讓妳在這種情況下走出基地。」

「畢竟我們被包圍啦，橋也斷了。」

茱麗也順便吐槽。

「話、話是這麼說沒錯……可是！」

「假如事情跟我想的一樣，八尋沒問題的。大概。」

換好制服的茱麗輕靈地下了床站直。

「為什麼妳能說得那麼篤定……？」

彩葉用懷疑的目光對著茱麗。

茱麗有些愉悅似的一直保持微笑。

「剛才跟道慈他們談過以後，我就有把握了。那兩個人是聽統合體的指示在行動，安德烈亞哥哥只是隨著統合體的規劃起舞，水龍巫女他們大概也一樣。」

「統合體……？不過，妳說的道慈就是那個拍爆料影片的人吧？統合體不是想掩蓋龍之巫女的存在嗎……」

「或許現在已經沒必要那樣了喔。」

茱麗回答了彩葉的疑問。

向全世界揭露龍之巫女情報的山瀨跟統合體在利害關係上對立，任誰都不會認為兩者在私底下是串通好的。

所以安德烈亞．比利士毫不懷疑地相信了從山瀨那裡收到的情報。

然而山瀨要是照統合體的指示在行動，安德烈亞就等於被統合體利用了。倘若如此，同一時間會發生絢穗被綁架的狀況，大有可能也是照統合體的規劃在走。

「那就是我判斷八尋能平安的理由。既然有統合體在背後操作，她肯定也會參與——」

「她……？」

「我的意思是，提供庇護給八尋的龍之巫女並不是只有妳。」

「難道說，妳指的是珠依……？」

彩葉瞪大了眼睛。

地龍巫女——鳴澤珠依。她身為引發四年前大殺戮的禍首，據說目前受統合體保護。

既然幕後有強烈執著於哥哥的鳴澤珠依，就能明白八尋被獨自叫去的理由。就算水龍巫女他們想傷害八尋，珠依應該也會保護他。

「不行……那樣的話……」

彩葉感覺到內心隱隱作痛，因而無意識地嘀咕。

八尋跪到珠依腳邊，親吻她手掌的模樣浮現於腦海。光是如此，彩葉就湧出了以往從未體驗過的不快情緒。

茱麗等人默默仰望彩葉迷惑的表情。

就在隨後，遠方傳來了沉沉的爆炸聲響。砲擊聲。

「開始了呢。」

茱麗用冷冷的嗓音拋下這麼一句。

隨後好似有沉重之物落下來，大地震顫，彩葉等人所在的隊員宿舍受到了撼動。

來自眾多裝甲戰鬥車輛的同時砲擊。安德烈亞・比利士率領由民營軍事企業結成的聯合部隊，開始進攻藝廊日本分部了。

5

「妳還好吧，澄華！」

善一邊敲碎占滿視野的冰塊一邊大喊。

「我沒事……可是，這怎麼搞的嘛，受不了……！」

在善的背後被他保護的澄華焦躁地甩去纏繞全身的寒霜。

善的左臂在完全凍結後碎散，正開始蒸騰出熱氣再生。

襲向他們倆的是在極低溫下液化的氧與氮洪流，水龍具備的權能。

善朝著鳴澤珠依施展的攻擊就像被無形屏障彈開一樣，往他們自己逆流回來。

地龍的神蝕能【千引岩】——

據說連通往冥界的黃泉比良坂都能堵住，製造斥力屏障的權能。

「你這是什麼意思，山瀨道慈！為什麼鳴澤珠依會在這裡！」

肉體再生完畢後，善瞪向堅決待在後方觀戰的山瀨。

為保護鳴澤珠依而展開斥力屏障的是八尋。身為火龍巫女契約者的他，動用了地龍的神蝕能。

此刻八尋以前傾姿勢備戰的模樣就像一頭凶猛的野獸。

八尋失去了人類的自我，受制於鳴澤珠依，猶如她的嘍囉。

「我們是按雇主的意思辦事。哎，別見怪。」

山瀨用同情似的視線看向善。

從他的那副態度可以確定，一切都是從最初就安排好的。將儘奈彩葉與八尋分開；讓善逼迫八尋，促使他恢復記憶；再趁著八尋產生混亂的破綻，由珠依支配他的心靈——

一切都被山瀨操弄於掌上。

「少跟我打哈哈！」

「哎呀……」

善把劍指向山瀨。極低溫的冰槍伸展而來，被山瀨靈巧地躲開了。他將風纏繞於全身，藉此獲得超乎常人的敏捷性。

「妳這是什麼意思啊，雅！你們的雇主是誰！」

澄華朝著雅大喊。

雅捂著長長的黑髮，空靈地微笑告訴她：

「統合體。」

「……統合體？」

「從遠古時期就一直利用龍之力的族人後裔。諾亞運輸科技沒向妳透露任何資訊嗎？」

「我是不清楚狀況，簡單說就是一群無益處的人吧。」

澄華哀傷地瞇眼擠出聲音。

彷彿呼應了她的憤怒，善散發的龍氣勢頭變得更烈。

「讓開，山瀨道慈，不然我會連你們都一起凍住。」

「我說啊，相樂小弟，既然身為日本人，你要多注意對長輩講話的口氣。」

「住口——！」

善把劍捅進地面。地中的水分頓時凍結，半徑幾十公尺的大範圍遂成覆上冰層的凍土。

「真是，這年頭的年輕人都開不起玩笑。」

趕在鞋底被冰層吞沒的前一刻，山瀨以勁風重叩地面，靠反作用力逃到空中。

善仰望高高飛在半空的山瀨，臉上露出凶猛的笑容。

無論能將風操控得多麼收放自如，沒長翅膀的人類都無法一直飛在空中。為了抓準山瀨著地時毫無防備的那一瞬間，善再度舉劍。

然而，山瀨嘴邊始終掛著笑容，還挑釁地問道：

「這樣好嗎，把注意力放在我身上？」

「什麼……？」

山瀨開口警告，反應過來的善因而環顧四周。

結果這拯救了他。站在八尋身旁的白髮少女已經將指頭對準善與澄華。

「快離開，澄華！」

「善……？」

善抱起杵著不動的澄華，並且飛撲滾向旁邊的地面。

但是，即使如此依舊來不及。地龍釋出改寫世界的龍氣，覆蓋了善與澄華的腳邊。

「【虛】——」

「【冰瀑】！」

珠依的細語跟善的咆哮重疊了。

善與澄華的腳邊，半徑數十公尺的範圍突然無聲無息地下陷。

將東京二十三區化為危險地帶而無法住人的神蝕能【虛】——地龍的權能在大地上鑿出了名為冥界門的豎坑。

「見鬼的力量……！」

善探頭看向深不見底的昏暗洞穴，聲音隨之顫抖。

他與澄華用來藏身的休憩所，還有位於正面的田徑場跑道，全被巨大的豎坑吞沒其中，連痕跡都不留。

善在豎坑上頭架起冰橋，藉此才與澄華勉強逃過落坑的下場。要是神蝕能晚一刻才發動，他們應該也落得與休憩所相同的命運了。

在善的臂彎裡，發抖的澄華臉色蒼白。

即使如此，她仍毅然瞪向珠依。澄華還沒有喪失戰意。

「收手吧。目前的你們與八卦境界的鳴澤兄妹層次有別，不會是對手。」

山瀨在安全地帶落地後，隨口提出了忠告。

「你說……八卦？」

「難道你以為同樣是不死者就有對等的實力？對手可是四年前引發大殺戮的怪物喔。」

聽到善提出的疑問，山瀨把視線轉向八尋他們那邊。

臉上掛著淺笑的他眼裡浮現的是掩飾不盡的恐懼之色。

這樣的事實讓善困惑，震耳欲聾的巨響隨即朝他的耳膜來襲。

巨響的真面目是八尋發出的咆哮。

原本站在珠依身旁的八尋外貌變了樣，鎧甲般的漆黑鱗片覆蓋住他的全身，原本修長的身軀壯了將近兩圈。

那副外表已經看不出原為人類時的影子。

巨大化的四肢前端長了鉤爪，血盆大口裡有著成排銳利的獠牙。他現在的輪廓遠比法夫納兵近似於龍，比本身身高長一倍的尾巴像具備意志的獨立生物，正在逶迤起伏。

「妳有拍下來嗎，雅？」

山瀨用難掩興奮的語氣朝雅喚道。

「有。」

雅舉著高性能的數位攝影機，言簡意賅地表示肯定。

「這可是正規取得的大獨家新聞。哎，雖然有一半像是自導自演就是了。」

山瀨滿意地嘀咕。

雅拍攝的影片會傳送到網路伺服器，經過統合體剪輯後，再向全世界公開。

那就是山瀨他們真正的目的，統合體所交派的任務。

「山瀨道慈……你們……統合體有什麼目的？像這樣利用鳴澤八尋到底想做什麼！」

善用陷入混亂的口氣問山瀨。

山瀨望著年紀比自己小了近十歲的善，露出有些空洞的笑容。

「有欠公平是不好的……」

「什麼？」

「你不覺得這實在不公平嗎，相樂善？龍的神話與傳說流傳在全世界，明明如此，八名龍之巫女卻全都出現在日本，只有日本人落得被屠殺殆盡的下場。你覺得為什麼會發生這麼不公平的事？」

「……………」

善遲疑似的目光游移。

目睹他這種耿直的反應，山瀨極為冷淡地笑了出來。

「答案是碰巧。碰巧，頭一條龍在日本出現了，其餘七龍的巫女受其影響，就跟著覺醒了。因為目擊了龍。」

「難道說……」

澄華畏懼地倒抽一口氣。靠山瀨給的些許提示，她似乎抵達真相了。

沒錯——山瀨誇張地點頭。

「統合體的目的就是讓這段影片流出去，使新的龍之巫女在全世界誕生。為此，我跟雅才會以爆料型直播主的身分賣名，以便增加頻道訂閱者。」

「等一下！要是有我們以外的龍之巫女出現，到時候又會——」

「對，應該會重演吧。眾人喜迎樂見的大屠殺！」

山瀨用作戲般的身段張開雙臂。

「如此一來就沒有國家與民族，大混亂發生後將會讓世界變得一塌糊塗吧。統合體那些人花了好幾代、好幾百年的時間來準備迎接那一天。為了重啟全世界，進而成為新的世界之王。」

「怎麼可以……要是讓那樣的一夥人得逞，誰受得了！」

善氣得提劍朝對方捅去。

山瀨輕易閃開，還反過來用衝擊波從近距離給予痛擊。

壓縮到極限的空氣子彈令善的內臟翻攪，他的身體在高飛後摔向地面發出濕漉的聲響。

那是換成常人就算當場斃命也不奇怪的嚴重傷害。

「我搞不懂耶，你何必生氣？再來一場大屠殺又有什麼關係呢？我們可是從四年前那場荒唐騷動活下來的勝利組耶。先利用統合體，再以坐上王位為目標也不錯吧？」

「閉嘴……！」

渾身是血的善咬牙站了起來。雖然肉體還沒再生完畢，善的意志仍未屈服。

然而，山瀨並沒有打算進一步對善發動攻擊。

「不過，即使我們在這裡爭論和稀泥，也為時已晚。」

「什……麼？」

「要開始嘍。」

山瀨露出孩童期待放煙火般的天真表情嘀咕。

隨後——

化為龍人的八尋再次咆哮，廣闊的黑暗在橫濱大地上蔓延開來。

第四幕 冥界門

THE HOLLOW REGALIA

CHAPTER.4

1

跟她初次見面的那一天，至今仍鮮明地記在心裡。

九年前。事情發生於八尋八歲那年的聖誕夜。

「——從今天起，這女孩就是你的妹妹。」

那天晚上，擔任研究人員的父親帶了比八尋小一歲的陌生少女回來。

剔透的白皙肌膚與紅眼睛。先天性色素缺乏症——後來八尋有學到這種體質的名稱。少女十分瘦小，或許因而讓她有種妖精般空靈的氣質。

「妳的名字是？」

八尋之所以用愛理不理的語氣問對方，想必是出於戒心的一體兩面。幾天前他就聽說自己會多一個妹妹，卻沒有除了麻煩之外的感想。當時八尋沉迷於向祖父學的劍道，並不想被別的事情煩心。

「珠依。」

少女用幾乎聽不見的音量說道，兼具畏怯與認命的機械般的語氣。

然而在她垂下目光之際，原本塞進帽子裡的頭髮便翩然盈落。

目睹毫無色素的純白髮絲，八尋頓時訝異地摸了她的頭髮。

八尋懷著孩子氣的無邪態度，直接把想法說出口。

「好漂亮的頭髮……像羽毛一樣。」

少女驚愕地回望亮起眼睛嘀咕的八尋。

她的眼裡逐漸泛淚，端正如人偶的臉皺成一團。

不久她便克制音量哭了起來，讓八尋看得心慌。

「咦！妳……為什麼哭了？對不起……總覺得是我的錯……」

八尋拚命向少女道歉，她卻沒有停止哭泣，只是搖搖頭。

接著她揪住八尋的衣袖，在哭到睡著之前都沒有放開。

†

「唔……喔……！」

記憶的洪流洶湧流入，讓八尋發出痛苦的聲音。

恐懼；困惑；思慕；執著。他人赤裸裸的鮮明思緒；珠依幼時的記憶。

流過來的並不只是過往回憶。

她的憎恨、羨慕與嫉妒，強烈的負面情緒逐漸滲入八尋的心靈。

內心冒出了開口，宛如無底枯井的黑暗。透過那空虛的洞穴，能感受到有強大力量正在噴發。當他察覺那是沉睡於地底的龍力時，已經太遲了。受困於幻覺的八尋被巨龍身軀占滿視野。

足以籠罩世界的巨大幻影。將其催生出來的龐大龍氣被一舉灌入八尋的身體。

人類的渺小身體不可能負荷得住。原本八尋的全身應該會在短瞬間燒得不留痕跡，就此灰飛煙滅。

然而八尋是不死者。全身細胞遭受震盪的同時，肉體仍反覆破壞與再生，儘管模樣化為異形，還是逐漸將龍之力接納至體內。

「噢噢噢噢噢噢噢噢噢噢噢噢！」

周圍景物染紅了，身為人類的思緒無以維繫。自我的輪廓淡化模糊，八尋與龍之間的記憶邊界正逐漸消失。

『哥哥——』

耳邊有懷念的聲音。聽見那聲音的是當下的八尋，或是記憶中過去的自己？他已經連這都分辨不出。

『我喜歡你喔，哥哥……我是愛著你的。』

珠依的聲音迴盪於腦海深處。

受到那陣聲音的牽引，八尋的意識漸漸沉入黑暗當中。

†

珠依意外順利地溶入了鳴澤家。

不過，那是因為有八尋陪在旁邊。她肯真正敞開心胸的對象只有八尋，要透過八尋才能跟周圍的人互動。

珠依沒有七歲以前的記憶。

據說她是在連自己是誰都不曉得的狀態下遊蕩於街頭，接受保護後又流離轉徙地住過各種設施，最後就被帶到身為研究人員的八尋父親這裡。

所以珠依會與他人保持距離，周圍大人並沒有將之視為多嚴重的問題。她時時跟在八尋後頭到處跑的模樣，反而被人覺得溫馨。

同世代的孩子們也不曾排斥她。珠依的外表確實異於常人，不過因為她體弱多病，反被當成了同情的對象受到接納。

這使得八尋很晚才察覺，珠依幾乎是自願不跟任何人打成一片，刻意讓自己孤立。而八尋始終不知道那將會招致最壞的結局——

「珠依……妳對學姊做了什麼？」

最初的異變，是發生在八尋剛升上國中二年級的時候。

當時有個跟八尋要好的女劍道社社員受重傷，住進醫院。

她堅決不說自己受傷的原因。只是從那天之後，她就變得十分害怕下雨的聲音，還有珠依。而且她始終頑固地拒絕八尋探望，在出院的同時就逃也似的轉學了。

「沒有啊，我什麼都沒做。」

八尋那個學姊受了傷的下雨的夜晚。莫名其妙淋得整身濕的珠依返家後，回望開口逼問的八尋，還納悶般搖搖頭。

「真的嗎？」

「哥哥認為我傷得了那個女的？」

「啊……沒有，說得也對。」

被珠依淡然反問，八尋無話可駁。

八尋那個受傷的學姊是有劍道段位的人，而珠依體弱多病又嬌小，應該連打架都不會是她的對手。

「哥哥，你真過分，居然懷疑我……不過，我原諒你……」

珠依脫掉淋濕的制服，只穿著內衣就朝八尋湊過來。

成為國中生的珠依體型瘦弱，卻有股令人毛骨悚然的女人味。

「把手放開，珠依。」

八尋硬是把妹妹扒離身邊。

珠依含情脈脈地用紅眼睛仰望八尋，並淺淺地微笑。

「為什麼？如果是哥哥，要對我做什麼都無所謂。」

「妳趕快穿衣服就對了，會感冒的。」

「哥哥討厭我嗎？」

「這跟喜歡或討厭無關吧，我們是兄妹耶。」

珠依用小鳥依人的口氣問道，八尋則是不領情似的回話。
為什麼自己在這時候沒有更認真地聽她說呢？
之後，八尋將一再為此後悔。

†

看似黑曜石的漆黑鱗片逐漸包裹八尋全身。
那些鱗片的空隙由成束鋼鐵般的強韌肌肉所填滿。
八尋的肉體已經不留原形。為了承受無止盡流入的龍氣，全身細胞不停增殖，並且逐步再造成新的面貌。猶如一粒種子成長為巨木，怪物正以八尋的身體為核心，準備誕生於世。
肉體被強行重塑的劇痛讓八尋吼了出來。那是搖撼大地的怪物咆哮。
化為半人半龍的八尋骨骼扭曲，體長伸展成先前人類之身的近三倍。那是從他腰後生出的粗壯長尾巴所致。
肌肉量也正在增生倍加。即使如此，成長的勢頭仍無衰退的跡象。
隨著肉體接近於龍，身為人類的意識已然淡化，八尋的思緒逐漸被憤怒與破壞衝動掩蓋過去。

同時，五感也有了變化。看得見以往無法看見的東西，能明白先前並不了解的世界結構，操控神蝕能就像呼吸一樣隨心所欲。

以稍微伸出指尖的感覺釋出龍氣，試著撐開區隔常世的邊界縫隙。光是這樣就讓空間被掀起，巨大的裂縫在地表蔓延開來。

甚至沒有意識到自己動用了權能。

好比將遮擋視野的雜草撥開，隨意使力即可——

光是這樣就能隨自己高興逐步改寫世界。

珠依的喜悅也有傳達給八尋。

思緒交融，兩人的記憶合而為一。

「為什麼……珠依？妳為什麼殺了爸爸？」

八尋連問這句話的是自己還是珠依都分不出來。

染成深紅的研究室，白袍男子倒在血泊當中，彷彿遭到巨大猛獸攻擊，呈現全身都被咬碎的慘狀。

在那具屍體旁邊，站著被血濺濕的白髮少女。

端正的臉孔露出笑容後，說道：

「像他這種男人，受死是當然的。畢竟他打算拆散我跟哥哥耶。明明我只有哥哥能夠依靠。」

她的右手握著散發黯淡光澤的細刃短刀。

她的血不停從自己用刀割開的左手腕流出。

「我喜歡你喔，哥哥……我是愛著你的。」

少女緩緩走近茫然杵著不動的八尋。

然後她倒到八尋的懷裡，霎時間，八尋的身體閃過一陣衝擊。

少女握著的刀，其鋒刃捅進了八尋的心窩，直到根部。

「不能讓我們結為連理的這個世界，乾脆全部毀滅算了。」

這麼說的她仰望八尋，神情看起來甚為幸福——

2

裝甲車大隊正朝著比利士藝廊的總部進擊而來。

環繞總部的護牆在最初的同時砲擊就已毀壞大半，現狀是埋設於地面的金屬製路障勉強在阻擋敵方接近。

藝廊總部在過去被國家當成保稅倉庫利用，腹地相當廣闊，而且到處設有自衛用的砲台與機槍塔。即使如此，一旦被百輛以上的裝甲戰鬥車輛包圍，看起來就實在靠不住了。

地基周圍的橋樑遭敵人炸斷，導致要脫逃幾乎不可能。

「……受損狀況如何？」

在藝廊隊員宿舍的指揮官室，珞瑟對來報告的部下們問道。

「監視塔全毀。目前總部的建築物仍然完好，但護牆與圍欄已經不行了。怎麼辦？要擋也擋不住耶。」

喬許用好似事不關己的敷衍語氣答話。

儘管狀況令人絕望，房間裡的戰鬥員們包含他在內，臉上都沒有悲壯感，鎮定得像是這種程度的絕境早就看慣了。

「放棄隊員宿舍與倉庫，請帶全體人員撤離到管理處。」

「懂啦。命懸一線嘍。」

喬許說完點了頭，然後就帶部下們離開指揮官室。

留在司令室的只剩珞瑟與茱麗，還有順著情勢從醫務室跟來的彩葉。

「珞瑟，妳們那個哥哥要的是我對吧？既然這樣，只要把我交出去……」

彩葉畏畏縮縮地舉手提議。

珞瑟與茱麗一瞬間望向彼此的臉，接著便露骨地嘆氣。

「妳覺得安德烈亞光是得到妳就會滿意嗎？」

「假如能正常做交易，對方起碼會在一開始先勸降嘛。」

「咦咦～～……」

被她們用辛辣的語氣否定意見，彩葉心情複雜。

如果被爽快地交到敵人手上，內心固然也會大受打擊，但是看藝廊的眾人因為自己而受傷，更讓彩葉難受。

「妳好像有什麼誤解，但這個狀況對我們來說，並沒有表面所見的那麼不利喔。」

珞瑟面無表情地回望苦惱的彩葉，無奈地嘆了氣。

「但、但是……我聽說戰力差了十倍以上……」

「那是只用戰鬥員人數做比較。反過來說，照安德烈亞的判斷，要是沒有聚集這麼多的人就無法跟我們對抗。」

「怎麼說呢？」

「他們得活捉妳，我們卻不用管安德烈亞的死活。換句話說，我方不需要手下留情。」

「啊……我懂了，難怪……」

敵方的裝甲戰鬥車隊只是包圍了藝廊總部，從一開始的砲火齊射過後，行動就完全停住了。因為他們怕胡亂攻擊建築物會傷及彩葉。

不過，就算對手只有靠肉身作戰的傭兵，戰力依舊懸殊。

藝廊戰鬥員仍拚命持續抵抗，卻還是節節後退，腹地已遭數量可觀的傭兵入侵。不知道為什麼，珞瑟這對雙胞胎的表情依舊從容。

「我們並不是遭到對方攻擊，而是正在讓對方打。如果正當防衛的形勢不夠明顯，當我們反擊時，連合會的面子可就掛不住了。」

茱麗自信地微笑說道。珞瑟看著監視攝影機拍到的戰況，也跟著點頭。

「不過，虛與委蛇到此應該也夠了。」

「對。大家聽著——可以開火嘍。」

茱麗朝司令室牆面設置的麥克風喚道，口氣輕鬆得簡直像在宣布節目開始。

然而在茱麗說完的同時，驚人的巨響與衝擊震撼了藝廊總部。

砲擊。而且不是只有一兩門的發射聲。響個不停的炸裂聲像風暴一樣，讓彩葉忍不住尖叫。

就在隨後，閃光將窗外染白。

掀起了起初那波砲擊無法比擬的爆炸，大地隨之搖盪。

「這、這是什麼！」

「精確制導迫擊砲彈。」

「啥……？」

彩葉茫然望著雙胞胎。珞瑟靜靜地將目光轉向監視攝影機的影像。

螢幕映出了砲彈從上空如雨般灑落之後，已經化為殘骸的成群裝甲車。包圍住彩葉等人的近百輛裝甲戰鬥車輛在一瞬間幾乎全滅。

「妳說，迫擊砲……該不會是將藝廊倉庫裡的武器組起來用了？」

「我們是軍火商，武器庫存豐富不是當然的嗎？」

珞瑟好似理所當然地指謫，彩葉變得什麼話都回不了。

迫擊砲屬於構造單純的輕量級火砲，射程短，命中精度低。相對地，它可以靠人力搬運，也能輕易隨處設置。

藝廊身為武器商人，倉庫裡存放了大量迫擊砲。

那些都已經暗中組裝完畢，並且排列在總部的建築物後頭。於是，茱麗指示發射的砲彈描繪出拋物線，在越過建築物之後從上空灑向裝甲車部隊。

「就算迫擊砲精度低，對方專程來到眼前還停下動作，射不中才奇怪呢。」

沒有多興奮的茱麗平靜地如此嘀咕。

安德烈亞・比利士率領的裝甲車部隊自以為包圍了藝廊，反倒讓自己暴露行蹤，變成毫無防備的標靶。

而且敵部隊因為失去裝甲車隊而亂了方寸，藝廊戰鬥員便展開反攻。不過那些戰鬥員的真面目並非活人。

「智能地雷與無人槍塔，還有自律行動型的無人攻擊機——CP值低落而賣不掉的最新裝備，在這種時候可要派上用場才行。」

茱麗說著吐了吐舌。

如她所言，藝廊陣營投入的是大量無人攻擊機。

在現代的戰場，AI控制的戰鬥用無人機已經不算多稀罕——然而，如果單就這座戰場來看，它們的效果十分驚人。位於日本的民營軍事企業大多只專門對付魍獸，所帶的裝備就沒有設想過要與無人機戰鬥。

應付不慣的無人機讓戰鬥員們陷入苦戰，只好帶著受傷的夥伴開始撤退。

彩葉看了便覺得安心，同時良心也受到強烈苛責。

雖然彩葉等人處於單方面遭到進攻的立場，但人類之間發生了戰鬥，肯定有眾多戰鬥員因而受傷。造成紛爭的因素正是彩葉的存在。為什麼局面會演變成這樣呢？彩葉無法不感到氣憤。

「如果這樣能讓對方乖乖收手，那倒省事。」

茱麗用慵懶的口氣說道。珞瑟語帶嘆息地搖頭表示：

「那個男人的性格應該沒那麼安分。」

「也對。我猜這樣反而讓他騎虎難下了。」

「嗯。雖然說戰力削減了不少，士兵數依舊是對方有利。他打算趁我方無人攻擊機回來補給時再發動攻擊吧。」

「真夠蠢的耶，安德烈亞。」

茱麗輕蔑地嘀咕。

珞瑟也難得顯露一絲憤怒。

「是啊。畢竟他以為自己還有時間能向我們進攻。」

「時間？什麼意思？」

彩葉看著她們倆問道。

下一刻，伴隨目眩的異常搖盪朝彩葉來襲。

有種不適感，彷彿看了具惡意的錯視圖。簡直像大地本身遭到惡意扭曲的錯覺。彩葉認得跟這一樣的感覺。

「這是……珠依的神蝕能……？」

彩葉不禁蜷縮在地，並且虛弱地吐氣。

她感受到空間強烈搖盪，那無疑是珠依操控神蝕能造成的餘波。然而，威力與上次並非同一個等級。

簡直不像珠依借用了龍之力，而是地龍本身在發威——

「……難道說，跟四年前那次一樣……」

彩葉預料了最糟的狀況，低著頭聲音顫抖。

幾分鐘後，安德烈亞．比利士率領的部隊再次發動攻擊。

3

漆黑的怪物以鳴澤八尋為器皿出現後，便將銳利鉤爪扎入地面。

以他為中心，深紅光脈宛如搏動的血管，擴散到四面八方。

光脈亮度提升，詭異的地鳴聲令大氣嘎吱作響。

於是在下個瞬間，大地迸裂了。

樣似蜘蛛網的無數裂痕滿布於地表，從裂縫噴出的黑暗籠罩世界。

冥界門——

舊三澤公園的廣大地基下陷，鑿出深不見底的巨大豎坑。地龍權能以前所未見的規模發動了。

「這就是地龍的神蝕能【虛】嗎……有這種玩意兒出現在首都正中央，毀滅掉一兩個國家或許也是難免。妳說是吧，雅？」

山瀨舉著數位攝影機，自言自語似的朝雅喚道。

雅同樣一直在拍攝，表情卻有些僵硬。

「……道慈，這樣真的好嗎？」

「啥？妳是指什麼？」

「你要陷害毫無罪過的八尋，在地上再次營造出跟那天相同的地獄？那真的是你內心所願？」

雅用怪罪似的眼神看向山瀨。

哈——山瀨傻眼地當場笑出來。

「事到如今，就別講那種濫情的話了。妳還不是因為接受才承包了這項工作？」

「……也對。」

雅視線落在數位攝影機，然後點頭。

「我曾是新聞工作者，才想對世界公布真相。為什麼我們日本人非得滅亡？那一天，我們的國家發生了什麼？究竟是誰安排了那些……所以，我認為這項工作是個不錯的機會。」

「我也一樣想公布真相啊。」

山瀨不耐似的撂話。

「可是，妳別忘記了。妨礙我們成事的是那個女人——妙翅院迦樓羅。妳那張醜臉也是被她搞的吧。」

「我明白。我並沒有忘記這一點。」

雅掩住用瀏海遮著的右臉。

「可是，這並不算真相。我們穿鑿附會捏造資訊……這都是假的。」

「不，這就是真相。」

山瀨揚起嘴角擺出陰鬱的笑容。

「我用鏡頭拍到的才是真相，無論背後編造了多少謊言都一樣。」

「道慈……」

雅死心般嘆了氣。

山瀨滿意地朝回歸拍攝崗位的她瞥了一眼，然後環顧地表面目全非的景象。

光是山瀨視野可見，鳴澤八尋化為怪物後造出的冥界門就有二十座以上。規模最大的一處直徑超過一百公尺，即使是小型的直徑似乎也有十幾公尺。

詭異的瘴氣如噴煙般從那些地方湧現，由地底爬出來的魍獸正逐批趕向廢墟城市。在橫濱要塞外圍，似乎已經有連合會的警備人員與魍獸展開交戰。

然而照連合會原先預估的魍獸出現率，一天頂多只有幾頭。若要應付突然大量出現的魍獸，他們自然不可能備有足夠的戰力。

眾魍獸立刻就突破連合會的防線，傭兵們的城市陷入大混亂。夜晚街道上有無數槍械的火光閃爍，市區到處冒出了火舌。

「開心點，鳴澤八尋。這就是你（地龍）想要的世界……！」

山瀨從高台俯望起火燃燒的街道，看似滿意地嘀咕。

在晃動肩膀笑個不停的他背後，響起了聲勢驚人的咆哮與爆炸聲。

為阻止化身黑龍的八尋，善與澄華展開了攻擊。

†

「善！有魍獸……！」

澄華手足無措地望著從冥界門湧出的魍獸，繃緊了臉。魍獸不會襲擊龍之巫女。澄華透過經驗知道這一點。

然而不會被魍獸襲擊，跟主動去操控魍獸是兩回事。澄華並沒有能力阻止那些越過橫濱要塞防線，對城市展開攻擊的猛獸。

「我懂。原本我是希望在事情變成這樣之前，就先殺了鳴澤八尋——」

善懊悔地撇嘴。

鳴澤八尋這名少年是龍的器皿。四年前的那場大屠殺，也是由鳴澤珠依召喚到八尋體內的地龍「史佩爾畢亞」釀成。

善得知其中的真相是在大約半年前。

有個自稱奧古斯托．尼森的黑人男子飄然出現在善與澄華面前，將有關龍與「象徵寶器」的情資告訴他們。

善並沒有完全信任這名叫尼森的男子，卻無法忽視自稱統合體代理者的他所說的話。

何況尼森還實際保住了身為地龍巫女的鳴澤珠依。

善與澄華見過的鳴澤珠依一直處於原因不明的昏睡狀態，還被當成實驗材料，位處統合體的嚴格監視之下。那樣實在提不出動手殺她的要求。

所以他們會把憤怒的矛頭轉向身為龍之器皿的八尋，某方面而言是合情合理。畢竟八尋跟幾近俘虜的珠依不同，在日本毀滅後依然能逍遙地活下來——

從那之後，善與澄華始終在尋找八尋的下落。

其中當然有想找他復仇的念頭。

不過，推動著善與澄華的有更多是使命感。只要身為龍之器皿的八尋依然活著，就難保他將來不會又化為龍帶來新的災厄。善覺得要防止那種事發生，得靠同屬不死者的自己。

因此，得知八尋的身影出現在山瀨道慈的爆料影片時，善與澄華曾感到驚喜。

另一方面，他們也產生了強烈的焦慮。因為連帶可以曉得的是八尋理應身為地龍的器皿，又從火龍那裡獲得了新的庇護。

照這樣放著八尋不管，他大有可能再次化為龍。

非得趕在那之前殺了他。假如殺不了擁有不死身的他就要將其封印，避免讓他再次甦醒

——善與澄華相信那就是自己的職責。

為此他們才會不惜動用抓人質這種卑鄙的手法，也要將八尋叫來。

以結果來說，善與澄華並沒有趕上。

理應受統合體監視的珠依出現，還把八尋變成了龍。

「欸，這樣沒完沒了耶……！」

為了攔阻魍獸，澄華一直在鋪設冰之護牆，發現新的冥界門接連誕生就讓她發出哀號。

「果然只能打倒龍的本體嗎……澄華，借我力量……！」

「好、好的！」

右手舉著西洋劍的善用左手抱起澄華。

澄華將手疊到善的右手上面，把身懷的龍氣都灌注給他。

善將龍氣凝聚於劍刃，然後舉劍刺了出去。釋放的寒氣凍結大氣，催化出的液化氮與液化氧形成純白洪流，進而襲向變成怪物的八尋。

覆有漆黑鱗片的龍人肉體被寒冰包裹，染成了白色。

然而八尋並沒有停下動作。他發出痛苦的咆哮，仍以無形屏障破壞將自己困住的冰塊。那強韌的龍之生命力讓善咬牙切齒。

「剛才那招也不足以打倒它嗎！不過，既然如此……！」

善再次舉起劍。

雖然與人類樣貌大相逕庭，半龍依然是以八尋身為不死者的肉體為基底。而只要擁有生物的肉體，就逃不過善以神蝕能造成的極低溫傷害。它展開了斥力屏障，想設法防止肉體凍結便是證據。

對手確實是超乎常軌的怪物，但並非無敵。只要反覆發動威力高過不死者再生能力的攻勢，持續剝奪其體力，八尋遲早會力竭而無法維持半龍的肉體。

善有如此的把握，就打算再次解放神蝕能。

可是，寒氣洪流尚未釋出，他的右臂已經先從根部扯斷飛走了。

壓縮空氣發射的衝擊波子彈——風龍的神蝕能。山瀨抓準善出招前的短暫破綻，用風彈射中了他。

「山瀨……道慈……！」

善以再生後的右臂撿起脫手的劍，並用充滿憤怒的眼神看向山瀨。

山瀨依然舉著數位攝影機，左手握的刀還對著善。

「小鬼頭，拜託乖乖地別作怪。你的職責已經完結了啦，相樂。」

山瀨口氣粗魯地斷言，平時玩世不恭的態度收了起來，顯露出自己具攻擊性的本質。

在月光照耀下，山瀨的身影如蜃景般幽幽搖晃。他周圍的大氣捲起風渦，正準備發出新的壓縮空氣子彈。

「風龍的神蝕能屬於花樣不多的權能，要擺平不死者可麻煩了！別怪我！」

「……唔！」

山瀨隨著呼嘯的巨響釋出神蝕能。

善立刻將澄華推開，並且在自己周圍展開冰之鎧甲。

憑善的神蝕能並無法完全防阻山瀨的衝擊波。

不過正如山瀨本身所述，風龍的權能不適合用來讓不死者無力化。只要靠「血纏」防禦頭一擊，就可以趕在山瀨下次發招前將他打倒──善是這麼認為的。

預料中的那種衝擊卻沒有朝善襲來。

相對地，善體驗到了輕飄飄而無助的飄浮感。

山瀨釋出的並非破壞性衝擊波，而是指向性氣流。善的肉體被龍捲般的強風颳起，因而飄到半空。

「糟糕……！」

「善！」

澄華的尖叫聲從眼底下的地表傳來。

山瀨呼風將善吹走的高度頂多約十五公尺。

在平時並不是需要介意的高度。就算墜落於地表，善身為不死者只要幾秒鐘就又可以活動。

然而，善墜落的位置有廣闊的黑暗開口。

冥界門。以地龍的權能鑿穿成形，深不見底的豎坑──

「抱歉啦，相樂。這樣就結束了。」

山瀨的聲音逐漸遠去，聽在善的耳裡卻莫名清晰。

於是在下個瞬間，有無數衝擊波子彈從上空朝善灑落。

「善！不要啊————————！」

仍倒在地上的澄華放聲尖叫。

但聲音尚未傳到，善就被無形子彈打落冥界門的深處了。

4

安德烈亞·比利士率領的部隊再度展開進攻後不久，彩葉的手機響了。

正常來想並不是方便接聽的狀況，彩葉卻急忙接起電話。因為手機畫面上顯示的是遭人綁架的妹妹的名字。

『——彩葉姊姊！』

「絢穗？妳平安嗎！妳現在在哪裡？」

『彩葉姊姊，拜託妳，我們需要幫助！八尋哥哥……八尋哥哥他……』

「咦？妳說八尋？八尋怎麼了嗎……？」

絢穗打斷彩葉的疑問，還向她求救。

然而就算想問出詳情，絢穗也混亂得無法對話。況且周圍的雜音也很嚴重，地鳴聲與爆炸聲不絕，再加上無數魍獸的嘶聲狂吼。傳達過來的訊息，就只有絢穗他們的處境非比尋常這一點。

「雅格麗娜，妳聽得見嗎？」

在手足無措地杵著的彩葉旁邊，珞瑟也開始通話了。

通話對象是連合會幹部，雅格麗娜．傑洛瓦。聽說為了將人質絢穗帶回來，雅格麗娜便跟八尋一塊成行。既然如此，目前她很有可能也待在八尋或絢穗的身邊。珞瑟應該是這樣判斷的。

『——珞瑟塔．比利士嗎？不好意思，我這邊陷入了相當棘手的狀況。』

有遭到狂風掩蓋的回話聲斷斷續續傳來。絢穗的聲音也在不遠處。

「佐生絢穗也跟妳在一起對吧？究竟出了什麼事？」

『我不清楚。原本以為鳴澤八尋開始跟綁架犯交戰了，他卻突然很痛苦，還直接變成怪物般的模樣。』

「……能將妳那邊的影像傳送過來嗎，雅格麗娜？」

『好，稍等，我立刻傳給妳。』

雅格麗娜將通話切換成影像模式。

起初映出的是車內的影像。看來絢穗與雅格麗娜到了裝甲車內避難。

雅格麗娜切換手機鏡頭，開始拍攝窗外。

映在那裡的是從地表裂縫向外湧現的成群魍獸，還有痛苦似的掙扎的怪物。

光線不足導致無法認清模樣。即使如此，那頭怪物的真面目依舊顯而易見。

覆有漆黑鱗片的龍人。

「這是……八尋？」

彩葉用沙啞的聲音問道。絢穗聲音微弱地回答：

『嗯……八尋哥哥跟相樂先生打了起來，之後又有個白頭髮的女生出現，她跟八尋哥哥講了些什麼之後……就變成這樣了……！』

「妳說有白頭髮的女生……難道說，真的是珠依？」

彩葉訝異地倒抽一口氣。

珞瑟她們不僅料中事態會如何演變，讓彩葉動搖的是那還以最惡劣的形式成真了。

然而她在內心某處也能理解。假如有人可以將八尋變成怪物，除了鳴澤珠依之外絕不作他想。

「影像似乎還拍到了許多魍獸？」

珞瑟用冷靜的語氣問雅格麗娜。

『對，魍獸的來源就是這裡。冥界門開啟了，規模相當浩大。』

「妳們沒受到魍獸攻擊嗎？」

『是、是啊。沒錯，我想是因為我們躲在裝甲車裡……』

雅格麗娜用遲疑的語氣回話。她應該也不明白為什麼自己受到眾多魍獸包圍，卻還能平安無事。

「……這樣嗎？」

珞瑟以無法判別情緒的嗓音嘀咕。

「絢穗，妳等著。姊姊一定會過去救妳！」

彩葉卯足了勁斷然宣言。

魍獸對彩葉來說並非威脅。不單純是免於遭受攻擊，彩葉還莫名其妙地可以跟那些魍獸溝通，讓它們聽從。假如絢穗她們被魍獸包圍而無法動彈，自己就非得去救她們才行——彩葉如此心想。

『嗯……但、但是……』

『妳們那邊不是也遭受攻擊了嗎？』

絢穗與雅格麗娜用不安的語氣確認。

她們似乎也注意到了彩葉等人背後傳出的槍聲。

「是啊。除了安德烈亞・比利士僱用的民營軍事企業，現在還受到魍獸的攻擊。」

珞瑟爽快地坦承。雅格麗娜有一陣子說不出話。

『在那種狀況下，妳們有餘裕過來援救嗎？』

「不。正因為狀況是這樣，我們才有辦法。」

『什麼？那到底是怎——』

雅格麗娜疑惑的回話聲受到強烈雜訊干擾，就此中斷了。

彩葉跟絢穗的通話幾乎也在同時間斷線。原因不明的收訊障礙。恐怕是地龍神蝕能干涉地磁造成的影響。

「絢穗？喂喂喂？絢穗……！」

彩葉拚命朝沉默下來的手機呼喚。

而爆炸聲從意外接近的地方響起，蓋過了彩葉的聲音。

安德烈亞・比利士率領傭兵部隊發動的攻擊。瞄準藝廊自動槍塔的榴彈砲射偏後，落到彩葉等人所在的建築物上頭。

5

「呀啊啊啊啊啊啊！」

伴隨通道玻璃窗破碎的聲音，響起了尖叫聲。

那並不是彩葉本身的尖叫。耳熟的那陣聲音，使得彩葉表情僵住。

「凜花？」

還沒有用頭腦思考，彩葉就衝出了房間。

昏暗通道上有破玻璃散落一地，外頭的空氣夾雜著硝煙流了進來。天花板的燈似乎也破了幾盞，暴露在外的管線正迸出淡藍色火花。

那陣微弱火花照出了少女蜷縮的背影。

彩葉的其中一個妹妹——十二歲的瀧尾凜花。平時的她既靈巧又勇敢，如今暴露在近距離砲火之下，露出了泫然欲泣的表情。

「凜花？妳怎麼來了……！我聽說你們都在防空洞避難……」

「對不起，彩葉姊姊。可是，瑠奈她……」

「瑠奈？」

彩葉發現發抖的凜花正在保護比自己更年幼的少女。

在凜花的懷抱裡，年紀最小的瑠奈表情鎮定地仰望著彩葉。

而凜花帶著的是一隻尺寸近似於中型犬的白色魍獸。她默默地抱起魍獸，並且遞到彩葉的面前。

「……妳幫忙帶了鵺丸過來？為了我？」

「嗯。」

瑠奈微微點頭。

彩葉疑惑歸疑惑，還是從她手裡接下了鵺丸。瑠奈在這種時候的行動一向有意義。彩葉明白這一點。

「謝謝妳，瑠奈。鵺丸我確實收下了，妳們兩個趕快回防空洞——」

彩葉說著就扶凜花她們站了起來。

在建築物外頭，目前仍持續著激烈的槍戰。藝廊總部的建築物固然牢靠，結構卻無法承受正式的軍火交鋒。

要趕快讓她們倆逃走才可以——好似在嘲笑心急的彩葉，高亢的飛翔聲傳來。

等到她發現那是砲彈飛來的聲音時，已經遲了。

窗外被閃光染白，爆壓將已經破裂的玻璃窗連根轟開。

「——彩葉姊姊！」

凜花發出幾不成聲的尖叫。磚造的建築物牆壁崩落，炸裂飛散的瓦礫朝彩葉等人來襲。

然而，彩葉等人被擊中的前一刻，數量眾多的瓦礫停下了。彷彿撞上隱形牆壁，直接悄悄落在地面。

「神蝕能……為什麼……？」

彩葉坐倒在地，茫然仰望著堆積起來的瓦礫，發出嘀咕。

以斥力造出的無形屏障。彩葉認得那種現象。統合體的代理者——奧古斯托・尼森與八尋交手時用過的地龍神蝕能。

「孩子們的事不用擔心，儘奈彩葉。我會擔任他們的護衛，僅限此刻。」

通道深處傳來了宏亮低沉的說話聲。

聲音的主人是將昂貴西裝穿得無懈可擊的高大黑人男子。

「你是……之前跟珠依在一起的人……！尼森先生！」

彩葉指著尼森叫道。理應跟珠依搭檔行動的他，不知道為什麼會突然出現在藝廊的基地內。

何況他還救了彩葉的妹妹們，甚至自願擔任護衛。

「——非法入侵讓人難以苟同喔，奧古斯托．尼森。」

聽見爆炸聲的茱麗來到通道，就代替說不出話的彩葉向他攀談。

「但要讓身為日本人的我來說，你們才是非法竊據的入侵者。」

尼森冷冷地反駁。

比利士藝廊當成根據地利用的這棟建築，原本是明治政府搭建的保稅倉庫。大殺戮過後，茱麗等人就擅自把化為無人廢墟的倉庫拿來利用。尼森是在指謫這項事實。

「與其談這些，妳不如叫部下們先更換武器。起碼要三零口徑以上，可以的話最好是五零口徑。」

「你說要五零口徑……反器材步槍嗎？又不是在狩獵魍獸，那是打算用在哪裡？」

茱麗用納悶的語氣反問。

五零口徑——十二．七毫米的子彈是用於機槍或長距離狙擊的大口徑彈藥，威力雖比一般步槍彈高數倍，卻因為後座力過高而難以運用。若用來對付人類，基本上是威力過剩。

即使如此，在日本活動的民營軍事企業都會把五零口徑的軍火當成常備品。那是為了對抗魍獸。要對付具備強韌生命力的高級別魍獸，五零口徑的威力不可或缺。

「為什麼妳會覺得不是在狩獵魍獸？」

尼森用冷靜的語氣提問。茱麗愉悅似的挑起眉。

「咦～～……畢竟魍獸即使到了這裡，安德烈亞也會比我們先遭受攻擊吧。」

「因為安德烈亞．比利士的傭兵部隊包圍了這座基地嗎？不過，他們又能維持人類之身多久？」

「哦……你這話有意思呢，奧古斯托．尼森。」

茱麗露出皮笑肉不笑的表情。

就在隨後，彩葉抱在臂彎裡的鵺丸動了動耳朵。某處有獸類的遠吠高聲傳來，對此起了反應的鵺丸便發出低吼。

「魍獸。」

瑠奈短短嘀咕。

那彷彿成了切換點，包圍藝廊總部的傭兵部隊改變行動。槍擊的火力突然加劇，包圍網到處傳出哀號聲。

因為眾魍獸從後方湧來，隨機襲向那些傭兵了。

「這數量……怎麼好像比我們在二十三區的時候還多……」

凜花從倒塌的牆壁縫隙窺探外頭，就畏懼似的聲音發抖。

光是視野裡所見，現身的魍獸數量就有三十頭以上。隨著時間經過，其數目更是以難以置信的勢頭在增加。

外型如猛禽者；樣似鵺丸，屬於肉食野獸者；還有像類人猿使用雙腳步行者。那些種類幾乎都是彩葉等人以往沒見過的魍獸。

「珠依她……到底喚出了多少魍獸……？」

彩葉一邊體會著背脊發冷的感覺一邊驚呼。

橫濱要塞的防線內側——而且還是位於沿海的藝廊基地周圍都呈現這種景象，無法想像換成在冥界門周圍，會有幾百頭魍獸簇擁。形勢彷彿橫濱就要被魍獸占滿。

「不，錯了，她並沒有主動召喚。鳴澤珠依只是開了門。」

「門？」

「沒錯。冥界門……撕裂世界界線的門。」

尼森回答了彩葉的疑問。

彩葉困惑地瞇起眼睛。她不太懂尼森的說明。可是，感覺他並不會無緣無故用上那麼誇大的字句。

既然他說世界的界線遭到撕裂，那肯定就是被撕裂了。

「彩葉姊姊，妳看！」

凜花表情緊繃地伸手指了外頭。

她看著的是安德烈亞・比利士麾下的傭兵。儘管手臂受傷，仍勉強成功擊退了魍獸。可是，隨後傭兵的肉體就發生了異變。

全身肌肉隆起，骨骼扭曲，肉體變化成非人的其他存在，變成像是將虎與巨鷹混合而成的異形怪物——魍獸。

「怎麼會……什麼情形……為什麼，人會變成魍獸……！」

彩葉嚇得渾身瑟縮，臉部肌肉緊繃得無法順利編織出言語。

發生異變的不只一個人，戰場上到處有受傷的傭兵變成魍獸。好比被吸血鬼咬過的人類會變成吸血鬼，被魍獸傷到的人類正在化為魍獸。

「以往在二十三區生活，妳都沒有不可思議的感覺嗎？為什麼在那座廢墟城市都沒有留下人類的屍體？」

尼森用冷淡的語氣問彩葉。

彩葉臉色蒼白地看向他。

沒錯，彩葉一直都裝作沒發現。可是，她不曾忘記內心的疑問。

在二十三區生活的四年間，彩葉幾乎沒有看過人類的屍體。在大殺戮遇害的人類，屍首並未留在二十三區。

「這並不僅限於二十三區。短短幾個月就有一億兩千萬以上的人喪命，在日本國內留下的屍體卻少得不自然。儘管應該也有人是被魍獸吃了，但為什麼連骨頭或頭髮都沒有留下呢

——他們的模樣就是答案。」

遭受魍獸攻擊的傭兵們正逐漸化為魍獸。尼森望著那駭人的光景，告訴眾人。日本人並不是被魍獸吃了，而是本身就變成了魍獸。

「不會吧……」

彩葉軟弱地搖頭。

遭受魍獸攻擊的人類會變成魍獸。某方面來說，那是比死更可怕的事。

假如魍獸的真面目當真是人類，就表示殺光日本人的凶手也是日本人。

而且目前在日本各地，世界各國的軍隊仍不停在殺魍獸。為此供給武器彈藥的，則是包含比利士藝廊在內的各大軍火商。

「魍獸，就是以往的日本人淪落到最後的模樣。龍的毒素會將人變成非人的怪物。魍獸沒有出現在海上，也是因為這個緣故。畢竟無人生活的地方就不會出現魍獸。」

「可、可是知流花襲擊橫須賀時……」

「山龍——三崎知流花在登陸橫須賀之前，就已經擊沉了許多艘美軍的艦艇。當時從海上出現的魍獸，真面目正是被山龍擊沉艦艇的乘員。」

尼森無情的說明讓彩葉沒辦法反駁，因為彩葉察覺他說的是真相了。

「變為魍獸的症狀會傳染——居住於海外的日本人之所以遭到屠殺，是因為統合體向各國政府散播了這項情報，還附上煞有介事的理由，諸如新種病毒或生物兵器。」

「怎麼可以……！」

彩葉用力搖頭，情緒混亂而沒辦法釐清思緒。

魍獸會襲擊人，然後被襲擊的人類會成為新的魍獸。倘若如此，不殺魍獸就不行。可是，那些魍獸的真面目也是人類。

「這樣的話，所謂的冥界門又是什麼？為什麼那些魍獸會從地底爬出來？」

「冥界門的含意就像字面一樣，只是門。」

尼森用和緩的語氣說道。

「我不知道所謂的冥界具體而言是個什麼樣的地方，但說穿了就是跟這個世界不一樣的空間吧。有人將大殺戮那天湧出的大量魍獸──也就是日本人，隔離在那所謂的冥界，為了保護它們不受到屠殺。」

「那麼做的人……是誰？」

彩葉質疑，而尼森默默回望她。

有必要回答嗎──他的眼神如此述說。

彩葉使勁把話吞回去。將幾千萬隻魍獸隔離在異世界。除了龍之巫女，沒人能辦到那種荒唐的事。

「地龍的神蝕能【虛】只是在分隔人世與冥界的牆上鑿出裂縫，魍獸才會從中湧出。雖然那不過是隔離於冥界的一小部分魍獸就是了。」

尼森不管沉默下來的彩葉，又繼續說道。

是嗎——彩葉默默地抿了脣。這樣聽起來，全都令人心服口服。

珠依過去只是召喚出魍獸，並沒有積極操控它們。召喚出來的那些魍獸單純是她動用權能後的副產物。

「——原來如此。是這麼回事啊。」

珞瑟不知不覺中出現在通道，並且插嘴加入彩葉他們的對話。

「統合體會容許這種讓彩葉蒙受危險的計畫，一直讓我感到奇怪，原來他們從最初就明白事情將走到這一步。」

「妳說的明白……是指什麼？」

彩葉仰望珞瑟並反問。

結果回答這個問題的人並不是珞瑟，而是尼森。

「地龍被召喚出來，橫濱就會充斥魍獸。那樣的話，無論安德烈亞．比利士召集到多少兵力，也沒有人能傷到妳。」

「……就因為我是龍之巫女？」

「不對，因為妳是『特別的龍之巫女』，『櫛名田』。」

「那算什麼嘛……」

「統合體從最初就沒有打算對妳出手，他們需要的只有鳴澤八尋。妳只要躲在藝廊接受保護，乖乖待著就夠了。為此統合體才利用偷拍影片與連合會，將鳴澤八尋跟妳分開。」

尼森落井下石般告訴彩葉。

彩葉忍不住起身瞪向尼森。

「你們打算利用八尋做什麼……？」

「反過來問吧。妳覺得所謂的不死者為什麼會存在？」

「咦？」

「不死者是依附體，用於召喚龍的器皿。為了接納龍龐大的力量，需要不死的身軀。」

「龍的……器皿……」

彩葉用沙啞的聲音驚呼。

彩葉首先回想到的是三崎知流花化為龍人的模樣。召喚山龍的她變成外貌非人的存在，接著便失去控制，就此消滅。

另一方面，鳴澤珠依在以往召喚了地龍，如今仍保有人類樣貌。

如果要說她們倆之間有差異，那就是與其成對的不死者存在與否。

過去的珠依有八尋在，當時知流花卻已經失去了自己提供庇護的不死者——神喜多天羽。所以知流花只能用自己的身體來當龍的器皿。

「龐大的力量光是存在，就會帶給周圍影響。四年前地龍出現時，包含妳在內，就有七個新的龍之巫女受其影響而覺醒。」

彩葉震驚得肩膀打顫。

彩葉本身並沒有身為龍之巫女的自覺。

但她有記憶，曖昧得跟夢一樣的模糊記憶。某個已經毀滅而又遙遠的世界的記憶。

回想起那些，會不會就是在大殺戮開始的那天——目睹龍的瞬間。

「統合體的目的，是要讓潛在於世界各地的龍之巫女覺醒，引發以地球為規模的大殺戮——真正的大量屠殺。為了重啟目前的文明，進而創造新的世界。」

「他們為此就要利用八尋？還有珠依？那樣未免……未免太……」

彩葉低頭垂下肩膀，抽咽似的呼氣。

「彩葉……」

「……」

「彩葉姊姊……」

茱麗、珞瑟還有凜花都擔心地看著彩葉。或許在她們眼裡，會覺得彩葉在哭。然而——

「……簡直夠了！那算什麼嘛！氣得我火都上來了～～～！」

彩葉奮然抬起臉，並且仰頭大吼。

別說沮喪，看彩葉突然發起脾氣，凜花等人都目瞪口呆。

可是彩葉沒有餘裕在意她們。

她抱起腳邊的鵺丸，大步朝牆外迅速走去。

「妳打算去哪裡，儘奈彩葉？」

「這還用說！我要把八尋帶回來，然後阻止珠依！」

尼森從背後拋來了問題，彩葉便口氣粗魯地答話。

沒錯。彩葉一直都在生氣。

爆料影片害她被關在藝廊的隊員宿舍，連要去救被綁架的絢穗都沒辦法，結果八尋就被珠依搶走了。

再加上自己害得藝廊總部遭受襲擊，到最後還鬧出這場魍獸騷動。

這段期間，彩葉始終被蒙在鼓裡。

像這樣累積又累積的壓力終於爆發了。

於是，尼森輕輕拋了某樣東西給彩葉。

彩葉反射性用單手接下，然後蹙起眉頭。尺寸約等同於手機的小型機械。

「這個是？」

「GPS地圖。帶去吧，上面會顯示鳴澤珠依的所在地。」

「……為什麼你願意幫我呢？」

彩葉帶著疑惑的表情看向尼森。

在當前因為魍獸出現陷入大混亂的局面，能知道珠依所在地很值得感激。可是尼森理應跟珠依是一夥的，彩葉不明白他有什麼理由要幫自己。

「等妳將鳴澤八尋帶回來再說明吧。」

尼森用挑釁般的語氣告訴彩葉。

吊胃口的態度令人氣惱，彩葉卻覺得可以信任他表示會說明的承諾。

「那麼，我們走吧。」

彩葉緊握收到的GPS地圖，茱麗就口氣輕鬆地向她說道。

「說得對。畢竟我們也有一筆帳必須跟對方討回來。」

珞瑟一邊確認愛槍的裝彈狀況一邊跟著同意。

受到來自背後的眾魍獸襲擊，傭兵部隊組成的包圍網實際上已經瓦解。

藝廊沒必要繼續固守。茱麗她們打算趁魍獸襲擊造成的混亂，向安德烈亞·比利士展開反攻。

「妳們兩個稍等我一下。」

彩葉克制住想立刻趕到八尋身邊的心情，如此說道。

接著，她把視線轉向至今仍緊抱瑠奈，臉色發青的凜花。

既然八尋已經被珠依變成了龍人，如果彩葉毫無對策就去找他，應該也不可能把他帶回來。

彩葉也需要某樣武器，能打動八尋，讓他把心思轉向彩葉的武器。

「凜花，來幫忙，把力量借給我。我一定會帶八尋回來！」

彩葉朝寄予絕對信任的妹妹說道。

凜花訝異似的抬起臉，然後稍微而又堅決地點了頭。

6

「可惡，戰況到底怎麼樣了！魍獸還沒收拾完嗎……！」

簡樸的軍用帳篷下。安德烈亞・比利士坐在軍官用的野戰椅，焦躁畢露無遺地嚷嚷著。

櫻木町車站舊址的站前廣場。這裡是安德烈亞所率的傭兵部隊的大本營。

民營軍事企業聯手投入了近千名戰鬥員，聚集到的兵力卻已經減半。這是藝廊日本分部意想不到的反擊，還有魍獸出乎預料地大量出現所致。

「人類變成了魍獸？誰會相信那種荒謬的消息……！」

安德烈亞一邊猛搔頭髮一邊驚呼。

對剛抵達日本沒多久的安德烈亞來說，遭遇魍獸是第一次的體驗。他並非毫無戒備，但原本一直把它們當成不具知性的單純怪物也是事實。

正因為這樣，安德烈亞無法接受部隊因那些魍獸而逐漸潰滅的現狀。

遭魍獸攻擊的那些傭兵正陸續變成魍獸。

打倒一頭魍獸的過程中，會有好幾倍的新魍獸誕生。

在如此困頓的戰場，東拼西湊的連合部隊不可能保住士氣。

「分部長，蘭德爾少尉發來報告。據說加侖合作社的部隊開始撤退了——」

安德烈亞的部下貼著通訊機，用沉痛的語氣報告。

安德烈亞反射性地挑眉吼了回去。

「撤退？豈有此理！我可沒有下那種命令！」

「對方似乎主張魍獸出現導致作戰行動中斷，在契約上是被認同的。」

「什麼！」

「這、這是事實。跟其他合作企業的通訊也斷了，可以想見他們恐怕也是因為相同理由脫離戰線了！」

「豈有此理……！」

安德烈亞捶向眼前的作業台。

他在日本沒有據點，戰力大多要仰賴於當地民營軍事企業聘僱的部隊。萬一就這麼允許那些人逃亡，別說擊潰藝廊日本分部，連要擊退大群魍獸都成問題。

「或許，我們最好也要先設想最惡劣的局面來擬定策略。」

副官帶著苦瓜臉建議安德烈亞。

由大洋洲分部帶過來的這名男子是從昔日就侍奉比利士侯爵家的幹練傭兵，然而安德烈亞卻用充滿憤怒的眼神瞪他。

「你要我夾著尾巴逃走？日本分部的戰鬥員可是連一百人都不到！」

「但是，他們與我方不同，熟習於對付魍獸，對令妹的忠誠心亦然。」

「難道你想說我不足以成事嗎——！」

安德烈亞歇斯底里地大吼大叫，而副官臉色沉痛地回望他。

藝廊日本分部的戰鬥員們都傾心於茱麗葉．比利士，這是相當有名的事。實際上，就算局面壓倒性不利還被連合部隊包圍，日本分部也沒有任何一名戰鬥員想逃。

相較之下，安德烈亞用兵缺乏向心力則是無需他人點明的事實。

不只花錢僱來的傭兵，連他從大洋洲帶來的直屬部下都開始出現擅離職守逃亡的人了。

在當前的危急情勢下，已經暴露安德烈亞缺乏人望。

「安德烈亞大人。」

安德烈亞屈辱得發抖，守在背後的恩莉卡則朝他喚道。

「怎樣？」

克制住焦躁的安德烈亞回過頭，看見螢幕上映出的影像後便倒抽一口氣。

有一隻純白魍獸從藝廊日本分部的隊員宿舍衝了出來。

它與周圍的那些魍獸截然不同，屬於高級別的巨大魍獸。在它背上有一道苗條的人影。

雖然用兜帽遮著臉，仍立刻就能看出身分。

有能力騎乘魍獸的少女，就安德烈亞所知只有一個。

「儘奈彩葉嗎！」

安德烈亞亮著眼睛起身。

「沒想到她會自己送上來！你們在做什麼！趕快抓住她！」

「可……可是，所有魍獸好像都在保護那個女孩……！」

「什麼……！」

安德烈亞驚訝得繃住臉。

被魍獸攻擊的並不只有安德烈亞的傭兵部隊。照理來說，那些魍獸也會無差別地攻擊藝廊日本分部的戰鬥員。

但是，當彩葉騎著白色魍獸出現的瞬間，戰場的模樣就有了改變。

在場好幾隻魍獸都同時停止對人類攻擊，而且彷彿服從於她，井井有條地展開行進。

「那就是……櫛名田嗎……！」

彩葉的模樣甚至有種神聖感，讓安德烈亞莫名產生恐懼而驚呼。

正因為才剛深深體會魍獸有多可怕，安德烈亞痛切感受到彩葉能操控它們的價值所在。

龍是否實際存在已非問題。率領大群魍獸的儘奈彩葉有可能成為光憑隻身一人就能制壓任何戰場的極致兵器。

只要得到她，安德烈亞的地位應該就穩如磐石了。

「去吧，恩莉凱特！把那女的抓回來！」

安德烈亞對恩莉卡下了命令。

白色魍獸載著儘奈彩葉，一直線朝安德烈亞所在的方位接近而來。因為其他橋樑全被破壞了。

一般傭兵追不上急速奔馳的魍獸。可是，靠改造基因強化了體能的恩莉卡不同。憑她的瞬間爆發力，便能應付那隻魎獸的速度。

然而，恩莉卡難得疑惑似的看了安德烈亞。

「但是，魎獸們正在逼近，擔任護衛的我總不能離開安德烈亞大人身邊……」

「——區區人偶，想違抗主子嗎！」

發火的安德烈亞一拳朝頂嘴的恩莉卡臉上招呼過去。

疾奔的白色魎獸速度過人，在恩莉卡遲疑的期間，說不定就會讓彩葉逃掉。這樣的焦慮讓安德烈亞變得情緒化。

「別得意忘形！就算少了妳這東西，我還多得是方法——……唔！」

衝動的安德烈亞連連朝毫無抵抗的恩莉卡揮拳。

突然間，安德烈亞跌了個踉蹌。

原本想揍恩莉卡的他右手斷了，還噴出鮮血。

晚了一瞬，有槍聲傳來。身穿藝廊制服的嬌小少女舉著手槍，就站在安德烈亞等人所待的帳篷前面。

「唔喔喔喔喔喔……手臂……我的手臂……！」

「珞瑟姊姊……！」

恩莉卡拔出了兩柄短刀。

當安德烈亞他們因彩葉而分心時，洛瑟已經神不知鬼不覺地逼近傭兵連合部隊的大本營了。

「洛瑟塔——————！妳這娘兒們——————！」

氣急敗壞的安德烈亞眼冒血絲，嘶聲喊了出來。

「動手，恩莉凱特！殺了洛瑟塔！洛瑟塔的肉搏戰等級為Ａ＋，她的能力遠遠不如Ｓ＋的茱麗葉，或是被評定為ＳＳ的妳！瞬間把她幹掉！」

「被分數只拿了Ｃ－……比常人還低的哥哥說成這樣，可真是令人寒心。」

「閉嘴——！」

洛瑟面不改色地搭話，安德烈亞便憤恨地瞪著她吼道。

「為了打倒我，妳就代替受重傷的茱麗葉接近了嗎！要知道自己的斤兩，洛瑟塔，憑妳怎能勝過專精戰鬥的恩莉凱特！」

「——喝！」

安德烈亞的話還沒說完，恩莉卡就砍向了洛瑟。

常人沒辦法想像的絕頂加速力。雙手持手槍的洛瑟一陣亂轟，卻跟不上恩莉卡的速度，連洛瑟在極近距離下發射的子彈都被恩莉卡拿刀劈落。

洛瑟縱身後退，勉強躲開了恩莉卡的斬擊。

兩人臉孔完全相同，戰鬥能力的差距卻很顯著。

以時間來講，只過了短短幾秒。可是，期間雙方的攻防已經超過十五次。恩莉卡未顯疲態，反觀珞瑟的子彈已經用盡。

恩莉卡從正面砍向已經無法施放彈幕的珞瑟。

換新彈匣的空閒自不用說，極速的攻勢連替換武器的時間都不給。珞瑟並沒有打算閃避其攻勢。

「專精戰鬥……也對呢。所以，妳才會一再上這種單純的當……！」

「……！」

恩莉卡目睹姊姊落寞地微笑，因而睜大了眼睛。

綠髮少女的動作就像暫停的視訊影像，突然僵凝停下。不知不覺中鋪設完成的鋼絲綑住了恩莉卡全身。

於是在她停下動作之後，有道小小的痕跡貫穿眉心。

下個瞬間，鮮血與腦漿從後腦杓噴出，恩莉卡無聲無息地飛了出去。

「……真遺憾，恩莉卡。妳明明是我們的妹妹，卻連我跟小珞都分不出來。」

蓋到眼前的兜帽隨之脫落，舉著手槍的少女露出臉孔。

瀏海只混了一撮挑染的頭髮，是鮮豔的橘色。

「鋼絲……再加上狙擊……怎麼可能，妳是……！」

「你以為我是小珞？真遺憾呢，哥哥。」

「茱麗」扔掉用不慣的手槍，一邊冷冷地搖頭。

擅長近身搏擊的茱麗刻意用了手槍，藉此假扮珞瑟。這是身上仍有傷勢的茱麗為了打倒戰鬥能力勝過自己的恩莉卡才使出的苦肉計。

結果，恩莉卡錯判現場並沒有狙擊手。

之後只要利用鋼絲讓她停下動作就行了。茱麗篤定只要能將恩莉卡綁住短短的一瞬，珞瑟就可以確實成功狙擊。

「順帶一提，小珞的遠距離戰鬥等級無法測定呢。誰教她狙擊從來沒有失手過。」

安德烈亞原本都躲在恩莉卡背後，如今茱麗不假思索地朝他走近。

當恩莉卡被殺的時候，安德烈亞那些部下就大多逃亡了，留下的零星幾人則由珞瑟用狙擊收拾。留在現場的敵人，只剩安德烈亞。

「所以我才說嘛，恩莉卡是失敗作。模擬戰與實戰不同，當她分不出我跟小珞時，就已經沒有勝算了。」

「慢、慢著，珞瑟……不，茱麗葉……！是我輸了！」

安德烈亞丟人現眼地跌坐在地，還不顧形象地開始求饒。

「我會從日本分部收手。不，大洋洲分部的經營權也可以給妳。這次就放過我吧，妹妹啊——」

「對不起嘍，哥哥……」

茱麗同情似的吐氣。她眼裡望著的並非安德烈亞，而是開展於前方的黑暗。

「就算我放你一條生路，好像也已經沒救了。」

「茱麗葉……妳在說什麼……」

安德烈亞總算發現狀況有異，就順著茱麗的視線朝背後回過頭。

霎時間，從黑暗中衝出一隻體型可匹敵野牛的雙頭猛犬——俗稱雙頭犬型的魎獸。

「噫……噫噫噫噫噫噫噫！」

安德烈亞發出了野獸般的哀號。

茱麗以鋼絲纏向雙頭犬，將它的兩顆腦袋與身體分家，接著珞瑟就用狙擊槍射穿了它那依然在掙扎作亂的龐大身軀。挨中數發大口徑的步槍彈，魎獸才總算沉默。

安德烈亞的哀號卻沒有因而停止。

倒地的他背後已經被魎獸刻下爪痕。

鮮血從西裝的破口流出。

然而安德烈亞哀號的理由並不是傷口帶來了疼痛。

儘管傷勢嚴重入骨，他卻不覺得痛苦。那才是安德烈亞哀號的原因。

「這什麼玩意兒！到底怎麼搞的……！」

安德烈亞看著自己開始長滿獸毛的手臂，茫然嘀咕。大概是連咽喉都逐漸變形了，他的聲音扭曲而難以聽懂。

「魍獸化。被魍獸傷到的人類會變成魍獸，變成超脫於常世之理的怪物——」

茱麗低頭看著開始喪失人樣的兄長，並且冷冷地斷言。

「不過，哥哥你放心。我會趕在那之前幫忙殺掉你。」

「住、住手……茱麗葉……我……我……」

冰冷鋼絲纏到外貌持續改變的安德烈亞的脖子上。

安德烈亞嚇得繃緊臉孔，還拚命想說服茱麗。

從他魍獸化的嘴裡卻已吐不出帶有意義的字句。

「這是你逼我們殺害妹妹（恩莉卡）的報應。再見。」

伴隨短短的告別，茱麗振臂高揮。

安德烈亞的殘軀隨著濕漉的聲響滾落地上，然後茱麗沒有再回頭看他。

第五幕 真相

THE HOLLOW REGALIA

CHAPTER.5

1

八尋以為自己遇見了天使。

對方的存在，就是如此異類而脫離現實。

即將倒塌的研究所一處。她站在熊熊燃燒的火焰當中。

穿著輕薄病患服來到這裡，年約十二三歲的少女。

頭髮剪得像少年一樣短，全身上下纏著繃帶。

瘦弱的手腳，看似不健康的蒼白肌膚。

即使如此，她仍然美麗。

美得一眼就可以看出她是非人的存在。

「我問你，你想活下去嗎？」

少女朝倒地不起的八尋問道，冷冷的嗓音不帶感情。

「妳是……誰？」

八尋抬頭仰望，想要反問她。

實際上，八尋的話並沒有化成聲音，只有冒出沙啞的呼氣聲。

不過，那也無可厚非。八尋被妹妹捅了心臟，已經瀕臨死亡。考量到出血量，他現在還有呼吸簡直令人不可思議。

「我沒有名字。不記得了。」

即使如此，少女仍回答了八尋的疑問。

連自己會弄髒都不介意，她蹲到滿是血跡的地上，觸摸八尋的胸口。

她的病患服貼著標籤，上面只寫了片假名「イ」與六碼數字。

單純為了區別實驗體而使用的記號。「イ」便是伊呂波的「伊」。

她本身應該沒有把那種記號當成自己的名字。

「你被人用刀捅了呢，流了好多血。是這孩子發現了瀕臨死亡的你。」

話說完，少女摸了摸停在肩膀上的動物。那是大小與實驗用白老鼠差不多的白色獸類。

八尋沒見過那個種類的生物。

「妳……快逃……」

八尋擠出聲音。

研究所的建築物正起火燃燒，八尋他們所在的房間也煙霧瀰漫，開始籠罩熱氣。待在這裡的話，少女遲早也會被煙困住而喪命吧。

「是珠依……下的手嗎……？」

火災，還有毒物外洩。

大概是研究所內的藥品或瓦斯洩出引燃了火頭，爆炸聲正持續從別處響起。

火災的直接原因是前一刻發生的大地震，研究所的建築物不時會大幅搖晃，則是斷斷續續的餘震所致。

狀況只像發生了天災，八尋卻莫名有把握。

他認為這片慘狀是珠依幹的好事。

「我不曉得，因為我一直都待在房間。建築物倒塌以後，總算才來到外頭的。」

少女用冷淡的語氣說道。

那番話讓八尋聽出她是被關在這座設施，關在由八尋的父親管理的這棟研究所。

「重要的是，我希望你回答問題。照這樣下去，你會死掉喔。」

「問……題？」

八尋回望少女並問道。少女點頭，重複一開始說過的話。

多。

「你還想活下去嗎？」

八尋忍著灼傷般的痛，嘴脣微微顫抖。

問題的答案早就決定好了。八尋明白自己已經無法得救，被捅的傷口太深，流出的血過

即使如此，八尋仍有非得活下去的理由。畢竟讓珠依發狂的人就是身為哥哥的自己——

「我還……不能死……我必須阻止她……」

「這樣啊。」

少女眼睛眨也不眨地看著斷斷續續回話的八尋，並且吐了氣。

「如果你能跟我做個約定，我願意救你。」

「約……定？」

「請你，殺了我。」

少女用平淡的語氣告訴八尋。八尋茫然看向她。

「什……麼？」

「我已經厭倦一個人活著了。因為我死不了。」

少女從地板上凌亂的醫療器具中撿起了一把手術刀。前端所附的刀刃固然小，要割開血管、奪取人命卻已經足夠。

「只要你能幫忙殺我，可以喔，我會實現你的願望。」

少女把手術刀抵到自己的頸子。

刀刃被她不假思索地推入，鮮豔的血珠從而滴落。

得阻止她才行——八尋心想。他不知道自己為什麼會有這種感受，可是他不希望眼前的少女死。

因為她那一心求死的孤獨感覺實在太可悲了。

「我……」

所以，八尋把那句話說了出口，說出為了阻止她的新約定。

少女聽了以後訝異得瞠目，還露出喜極而泣般的表情。

於是她割開自己的喉嚨，鮮血朝八尋傾瀉——

†

全身熱得像受到燒灼。

彷彿每一顆細胞都正被火炙燒。

有聲音持續冒出。

那並非人的喊聲。

巨獸低吼；龍的咆哮。

然而，八尋也明白那是自己的聲音。

不，他想起來了。

原本覆蓋著意識的黑暗，被耀眼火焰的光輝照得蒼白發亮。

那火焰的來源，是血。那一天，她給八尋的龍血。

黑暗的勢頭再次加劇。

從地底無窮湧現的漆黑黑暗。

那超越了憎惡與怨恨，屬於純粹的破壞衝動。

足以劈開大地，毀滅文明，連世界的界線都能撕裂摧毀。

那是召喚了漆黑大地之龍（史佩爾畢亞）的巫女所懷的心願。

她的祈禱化為龍氣，流入不死者作為器皿的肉體。

黑色龍人聽從那股衝動的號令，準備將長出巨大鉤爪的手臂插進地面。

然而大地並沒有被鑿出新的冥界之門。

彷彿內心有所糾葛，龍的意志停下活動。

浮現於腦海的，是帶著白色獸類的少女生氣的臉。

與那天見到的她絲毫不像，任由脾氣發作的情緒化模樣——

之前八尋想不起來，就是因為那樣。

「哈……」

龍人口中釋出了吐息。

盲目的破壞衝動至今仍將他的意識塗成漆黑。

然而，腦海底部確實點起了一盞火光。

那火隨著滿布的血管逐漸運行移轉至全身。

「哈……哈哈……哈哈哈哈哈哈！」

龍人發出了歡喜的笑意，氣息從咬緊的牙縫間流洩。

龍之本能有意壓碎人的靈魂，因而加強力道。

意識發出嘎吱作響的尖銳聲音。

即使如此，生而為人的意識還是不會完全消失。

鳴澤珠依召喚的龍氣勢頭越是加劇，越會湧出與之抗衡的火。

那火並不是來自龍人體內。

是她在呼喚。

跟四年前的那天一樣。

八尋回想，之前的大殺戮為什麼只造成首都圈毀滅就在半途結束了？

理應已經被召喚出來的地龍為何會消失？

鳴澤八尋一度完全化為龍，又為什麼會變回人樣——

那是因為八尋先遇見了她。

在淋到珠依的血而被變成龍之前，八尋就已經跟她做了一個約定。

還被她賦予了力量。

斥退死亡的不死者之力——

吼噢噢噢噢噢噢——！

某處傳來了獸類的遠吠。

雷光劃破夜色，而後延伸向天。

目睹那道雷的時候，八尋這才完全理解。

她正朝這裡接近過來。

2

原本一直在拍攝黑色龍人狂亂身影的雅停下了數位攝影機。

山瀨帶著納悶的表情看向她。

「雅，怎麼了？」

「不清楚。但是，我覺得魍獸的行動有稍微改變。」

「啥？」

山瀨不悅地蹙眉，並將視線轉向市區。

黑色龍人在地表鑿穿的冥界門有二十座以上，從中爬出的魍獸應該超過六百隻。

那些魍獸一起攻擊了市區。就算橫濱是傭兵雲集的城市，也無法長久這樣守下去。

實際上，受魍獸攻擊的人類是否會變成魍獸，大受周圍的瘴氣濃度影響。在一般的環境下，發生魍獸化的可能性並不算多高。

然而在另一方面，只要瘴氣夠濃，魍獸化的機率就會一舉攀升。二十三區有巨大的冥界門，魍獸出現率異常高就是因此所致。

從這方面來看，橫濱現在可說是最適合魍獸化的環境。

橫濱要塞坐擁的傭兵人數達十萬以上——

倘若他們遭受魍獸攻擊，魍獸化的比率恐將超過兩成。換句話說，一夜之間就會有兩萬頭以上的魍獸出現。

如此誕生的成群新魍獸應該會以位於橫須賀的美軍基地為開端，逐步擴散至日本各地。透過山瀨與雅開設的頻道，其影像更會廣傳至全世界。有幾億，不，幾十億人類將目睹龍催生出魍獸的模樣。

要誘發新的龍之巫女覺醒已相當足夠。

這就是統合體規劃的未來藍圖，而山瀨他們承包的工作則是依計行事。

理應順遂的工作進度卻出現了些許破口。

「怎麼回事？橫濱要塞應該還有人類吧？」

「是啊……不過，槍聲明顯減少了，魍獸的數量也沒有增加。」

雅甩過長髮嘀咕。

靠風龍操控大氣的權能，她可以精確探查周遭情況。跟潛水艇的主動聲納一樣，雅聽得見好幾公里遠的聲音。

她所說的想必不會錯。

山瀨不禁咂嘴，瞇眼瞟向背後的白髮少女。

「喂喂喂，這怎麼搞的？跟說好的不同啊，鳴澤珠依。地龍之力就這樣嗎？」

「哥哥正在抵抗。」

珠依故作面無表情地回答。

「抵抗？難道鳴澤八尋還保有自我？他沒有完全變成龍，也是因為這個緣故？」

「對。真是個令人費心的哥哥，看來或許要管教一下才行呢。」

珠依朝著化為怪物的八尋伸出手。

下個瞬間，全長近五公尺的龍人就發出震天聲響倒下了。強猛的重力朝他來襲，其巨軀逐漸陷入大地。

因為珠依動用了地龍本身的權能，將漆黑龍人重叩在地。彷彿被巨岩壓住的衝擊使得龍人痛苦地掙扎。

身為巫女的珠依能做到這種事，是因為她完全支配了龍人的肉體。

「真狠。」

山瀨用流露出嫌惡的語氣說道。

山瀨跟八尋同樣身為不死者，屬於成為龍之器皿的那一方。如果是以自身意志操控龍之力也就罷了，看龍人淪為任巫女操控的玩物，他的心裡應該不會覺得舒坦。

「不要緊。無論你變成多麼醜陋的模樣，我都不會拋棄你。」

珠依無視山瀨，只顧朝伏倒於地的龍人靠近。

接著她撿起掉在地上的玻璃片，不假思索地割開自己的手腕。

滴著鮮血的手腕伸到倒地的龍人嘴邊，準備讓血流進其中。

「來，哥哥，只要你當乖寶寶，我就會發獎勵。喝吧。」

珠依冷酷刻薄地低頭看著拚命抵抗的龍人，並且下令。

她那有如人工物的笑容忽然消失了。

結凍的大氣化為水沫飛來，珠依立刻設下屏障，勉強逼退攻勢。然而縱身後退的她，左手腕已經連同滴落的血液一同結凍。

那是水龍的神蝕能【冰瀑】。

「嘖，傷得太淺——」

穿制服的少年舉著西洋劍，從倒地的龍人身後現身。

理應被推落冥界門底部的善又回到地表，向珠依發動了奇襲。

「善！」

「……嚇我一跳。你是怎麼逃脫的？」

原本出神似的癱坐在地的澄華亮著眼睛站起身，山瀨就板起臉拔出刀。善會從冥界門生還，對山瀨來說似乎也實在料不到。

「你可別以為只有自己才能飛在空中！」

善朝著挺身擋在珠依面前的山瀨舉劍衝去。

其攻擊的速度讓山瀨瞪大了眼睛。起碼與駕馭狂風飛翔的山瀨一樣快——過人加速力簡直讓人覺得那根本是在空中飛。

「道慈！」

「嘖……！」

雅短短發出尖叫，而山瀨粗魯地咂嘴。

滾在地上的山瀨右臂被炸得稀爛不留原形，還噴出白色蒸氣。肉烤焦的異味瀰漫四周，較晚傳達到的劇痛讓山瀨皺起臉。

「水蒸氣爆炸嗎……原來如此，所以水龍的權能不只可以結凍，也能提高溫度。」

「因為這會讓死狀太慘，原本我並不想用——別怪我！」

善再次舉劍躍起。

他在背後引發水蒸氣爆炸，再利用其爆壓一舉拉進數公尺的距離。

山瀨釋出衝擊波子彈打算迎擊善，善卻靠水蒸氣爆炸抵銷了他的攻擊。接著更用上超高溫的水蒸氣形成雲霧，包裹住山瀨全身。

了。

「嘎啊……！」

肺臟被瞬間烤熟，山瀨痛苦地吐氣。

善在停下動作的山瀨周圍接連引發水蒸氣爆炸，使得山瀨忍不住後退。疊加的傷勢來不及癒合再生，山瀨全身已經滿目瘡痍。若他並非不死者，應該早就斃命了。

「這招夠狠……！不過，你可別忘了，相樂！你們的對手並不是我！」

「什麼……？」

善原本想對山瀨展開追擊，卻似乎被外力壓垮而摔倒在地。

宛如自身體重變成好幾倍的重量讓善承受不住，骨骼隨之嘎吱作響。

「地龍……！」

被壓在地上的善，視野裡映出了正俯視著自己的漆黑怪物。受到珠依操控的龍人用權能【千引岩】，打算把善壓扁。

好似被隱形巨岩壓頂的衝擊使得善驚呼。地龍權能原本的運用方式應該就是像這樣把敵人壓扁，而非當成護身屏障吧。

即使明白了這一點，善還是莫可奈何。

保有人樣的善要跟逐漸接近完整龍身的八尋用神蝕能較勁，力量實在差太多了。

支撐肺臟的肋骨碎裂，沒辦法呼吸。頭蓋骨彷彿隨時都要碎開。

善仍然保得住意識，是因為龍人手下留情。

鳴澤珠依的命令是壓扁善，而八尋正在用全力抗拒。雖然沒有根據，善卻明確地如此感覺到。就算這樣，八尋龍人化之後的力量依舊是壓倒性，善的肉身正以來不及再生的速度持續遭到破壞。

「叫你住手！」

純白的冰霧襲向龍人。

液化後的極低溫大氣洪流——然而發招的並不是善，而是澄華。

澄華身為水龍巫女，自然可以使用龍之權能，但其威力不及善。因為澄華並不是不死者，肉體就無法承受神蝕能的反作用力。

「快……住手……澄華……！」

善靠著快要被壓碎的喉嚨拚命訴說。

可是，為了救這樣的善，澄華反覆朝龍人展開攻擊。

覆有漆黑鱗片的龍人體表因而泛白凍結。

然而龍人不以為意。

它厭煩似的撥開裹覆鱗片的冰，並將深紅眼眸轉向澄華。

血肉之軀的澄華要是遭受龍人攻擊，應該招架不住。

明知如此，善還是什麼也做不了。

因為他全身的骨頭都被壓碎，而再生尚未完成。

漆黑龍人高舉手臂，朝澄華揮下。

在隱形重力塊將澄華壓扁的前一刻，龍人卻訝異似的停下動作。

善感到疑惑，耳裡就聽見了魍獸的高聲遠吠。

全長達七八公尺的白色魍獸穿梭於地面鑿穿的豎坑縫隙，朝這裡拔腿跑來。

它背上有個用兜帽遮著臉的少女。

她騎在以時速幾十公里疾奔的魍獸背上，卻絲毫沒有畏懼之色。少女信賴著魍獸，彷彿把它當成自己的手足或家人。

不久，魍獸越過冥界門的密集地帶以後，在漆黑龍人跟前停下。

純白魍獸固然巨大，但是黑色龍人的威迫感毫不遜色。

黑曜石般的漆黑鱗片比鋼更堅硬；從不死者肉體造育而成的身軀當然是不死身。這頭猛獸無比接近於神話傳說中歌頌的怪物或神。

當著這樣的龍人眼前，騎在魍獸背上的少女毫無懼色地露出微笑。

純白魍獸再度朝夜空咆哮。

接著，少女也有樣學樣地用高亢清澈的人類嗓音大吼。

「嗚汪————！」

霎時間，漆黑龍人這才完全停下了動作。

3

隔著半龍化的八尋，兩個少女面對面互瞪。

一個是穿著華麗哥德禮服的鳴澤珠依。

另一個則是身穿比利士藝廊制服的魍獸使役者——儘奈彩葉。

負傷的善與澄華，還有山瀨與雅，都從遠處圍觀這一幕。

沒有人打算闖進珠依與彩葉之間。

至今肉體尚未恢復的善自然不用說，連理應跟珠依有合作關係的山瀨都無法攻擊彩葉。

因為彩葉率領的魍獸並不是只有她騎著的那隻純白四腳獸。

有幾十隻——不，幾百隻魍獸追著彩葉，陸陸續續集結到她背後。

體型大者；體型小者；模樣近似既有動物者；難以形容而堪稱異形者；從一眼就可看出

屬於高級別的大型魍獸，乃至威脅度之低與人類差不多的魍獸都有——

各種外觀的魍獸都追隨著彩葉，好似要保護她。

那幅光景甚至讓善戰的山瀨等人都受到了懾服。

「這是……怎樣啊……好猛……！」

澄華愣住似的說道。

「那就是儘奈彩葉嗎……」

善帶著困惑的表情凝望彩葉。他大概無法判斷她是自己的敵人，或者同伴。

「跟妙翅院迦樓羅相同的神蝕能……嗎？」

山瀨緊握著刀，低聲驚呼。

三年前。大殺戮剛結束，山瀨在依然亂象頻傳的時期遇見了雅而獲得不死者之力，就嘗試潛入殘存於京都山中的天帝領進行取材。

為了得知大殺戮的真相，還有天帝家在那當中履行的職責。

而擋在山瀨他們面前的人，則是外傳會成為下任天帝的妙翅院迦樓羅。

迦樓羅用天帝家相傳的「寶器」逼退山瀨他們。當時她用的跟此刻彩葉所用的一樣都是操控魍獸的權能。

「雅……妳也辦得到一樣的事嗎？」

山瀨壓低聲音問道。

雅毫不猶豫地搖頭。

「沒辦法。要率領數量這麼多的魍獸，我猜連妙翅院迦樓羅都辦不到。」

「這樣啊。」

山瀨坦然接受了雅的意見。

魍獸基本上不會攻擊龍之巫女。但是，不會被攻擊跟能否讓它們聽從命令完全是兩回事。花時間調教的話，或許能馴服一兩隻魍獸，然而要讓剛遇見的幾百隻魍獸追隨自己，若非動用特殊權能，應該是不可能的。

另一方面，珠依並沒有動搖。因為她已經見識過彩葉操控魍獸的力量。

「妳想做什麼，和音？我可不記得今天的轉播有找來賓喔……」

珠依用直播主的名稱來稱呼彩葉。

彩葉顯得不以為意，還自信地露出笑容。

「別擔心。事情辦完我就會立刻回去。」

「……事情？」

「沒有錯。我是來把八尋要回去的。」

「……唔！」

珠依瞪著公然放話的彩葉，眼皮隨之抽搐。接著她激動地斷言：

「哥哥才不是屬於妳的！」

「對啊。不過，八尋已經是我們的家人了。」

「妳說……家人？」

珠依錯愕地睜大眼睛。彩葉回望珠依，挑釁似的點頭。

「嗯。所以嘍，八尋要回來我們身邊才可以。」

「……妳閉嘴，儘奈彩葉。」

「珠依，不嫌棄的話，要不要一起來？歡迎妳喔。」

「就叫妳閉嘴了吧！」

情緒爆發的珠依發出怒吼。

她催生出隱形巨岩，朝彩葉施放。

「好、好重……！」

「就這樣被壓扁吧，醜陋的狐狸精！」

彩葉從白色魍獸身上被推落，因為重力急遽增加而喘氣。

然而，珠依的權能直到最後都沒有將彩葉壓扁。

因為彩葉帶來的那些魍獸一起攻向了珠依。

「什麼嘛！這些傢伙要幹嘛！」

為了保護自己不受陸續撲來的魍獸侵擾，珠依放棄對彩葉的攻擊，改為在自己周圍展開屏障。即使如此，魍獸們仍毫無怯色地不停朝珠依湧來。

「哥哥，救我！我命令你救我！」

珠依忍不住向八尋求救。

從她全身釋出的漆黑龍氣流入八尋體內，半龍化的八尋痛苦掙扎，卻還是朝彩葉舉起巨大鉤爪。

但彩葉沒有逃跑。

何止如此，她簡直像等候已久地主動迎向前去。

彩葉回望龍人被破壞衝動附體後的深紅眼睛，將原本蓋到眼前的兜帽連同藝廊作為制服的登山連帽衣一塊脫掉。

從制服底下出現的是將巫女服改造過，暴露度偏高的直播用服裝。

長長的銀髮流瀉，反射月光散發出光輝。

戴在假髮上的獸耳簡直像真耳一樣抖動搖晃著。

宛如有一名喜愛扮裝的直播主誤闖血腥戰場，讓人強烈地感到不搭調。

說不出話的山瀨連攝影機還在拍都忘了，善則是困惑地蹙起眉頭。

雅驚訝地瞠目，澄華則是含笑發出歡呼。

彩葉不理會周圍的那些視線，擺出伸爪的姿勢將手掌朝向八尋，一臉得意地再次喊出名台詞。

「嗚汪～～！」

不知為何，在充斥魍獸低吼聲的環境中，唯有彩葉的那聲「嗚汪」聽起來格外清亮。

原本想將彩葉捶爛的龍人在她眼前停下手臂。

珠依因驚愕而皺起臉。

那是絕無可能出現的畫面。

雖說並不完整，被當成地龍召喚出來的龍卻聽從其他巫女的呼喚停下了攻擊。

包覆龍人巨大身軀的漆黑鱗片發出了像血一樣的紅光。

從鱗片縫隙冒出的，則是樣似滾沸熔岩的灼熱火焰。

那陣火焰的勢頭隨即變旺，籠罩了龍人全身。

從肉體內側燃起的火焰正在焚燒龍本身。

漆黑鱗片七零八散地剝落，從裡頭出現的是八尋的真面目。

原本理應染上憤怒與憎惡之色的眼睛蘊藏著知性光彩。

彩葉不看場合的服裝與舉動成了臨門一腳，被珠依以瘋狂意念支配的八尋因而清醒。

「乖乖乖，我們總算見到面了呢，八尋。」

彩葉用雙手包覆單膝跪地的八尋的臉。

八尋帶著像是剛醒來的茫然表情看她。

「彩葉……是妳嗎……」

「對呀。呵呵，不然你覺得看起來像天使嗎？」

彩葉滿臉得意地反問。

一瞬間，八尋發現自己差點認真地點頭，因而露出苦笑。

「真夠厚臉皮耶……不過，妳幫了大忙……」

「對吧。高興嗎？你高興嗎？」

彩葉用雙臂將仍未解除龍人化的八尋緊擁到懷裡。

包覆八尋的漆黑鱗片縫隙間，依舊有深紅如血的火焰冒出。

可是，那火焰沒有燒到彩葉。不久，形同將彩葉捲入的火焰更顯旺盛，將兩人的身影完全包裹住。

覆蓋八尋全身的鱗片發出聲音掉落在地。

有一副新的身軀如蜥蜴脫皮般從龍人裂開的背出現了。

深紅燃燒的血鎧——那是八尋被「血纏」包裹著的肉身。

「地龍被解除召喚了嗎……！」

山瀨望著從火焰中出現的八尋，愕然吐氣。

「不會吧……哥哥……」

珠依囈語般嘀咕，並當場頹唐地坐到地上。

本就蒼白的肌膚完全失去血色，變得像一尊精巧的人偶。

八尋面無表情地俯望珠依，然後把視線轉向她背後的山瀨。

「八尋……！」

「我懂。」

彩葉把帶來的刀遞給八尋。八尋收下用來早已順手的那柄刀，朝著山瀨與善——兩名不死者笑道：

「來吧，復仇的時候到了……！」

凶猛地露出犬齒的八尋低語。

拔出的打刀利刃浴火，散發寒光。

4

八尋把手伸向刀柄。

種類被稱作「打刀」的日本刀，刀名九曜真鋼。據稱是從平安初期活到戰國末期，享壽近八百歲的夢幻刀匠以蛟血鍛造而成。

八尋不知道這段逸聞是否為真，他也不感興趣。重要的事實是這柄刀能夠承受八尋身為不死者的膂力，僅此而已。

山瀨等人已經擺出架勢備戰，八尋便瞪著他們拔刀。

即使在化為龍人的期間，八尋也有聽見山瀨與善的對話。喪失自我導致八尋沒辦法做出反應，但他們對話的內容，八尋全都記得。

所以八尋了然於心。

善與澄華想殺自己的理由，還有山瀨與雅的目的。

可是，率先朝八尋靠近的人卻不是他們任何一方。

「妳在想什麼啊！」

清瀧澄華瞪著站在八尋身旁的彩葉，並且破口大罵。

「咦？妳是誰？」

忽然被初次見面的少女臭罵，彩葉畏懼似的稍稍退後。

「就算妳是龍之巫女，大搖大擺地靠近失控狀態的不死者也會有危險吧！鳴澤八尋沒有恢復神智的話，妳已經死了耶！」

「這……這樣喔，不要緊的。」

「哪裡不要緊！」

「因為八尋是我的頭號粉絲。」

「啥！」

彩葉自信滿滿地挺胸，使得澄華目瞪口呆地回望她。

了解到澄華是在替自己擔心，彩葉顯得有幾分高興。

看彩葉那樣，澄華就氣消似的放鬆表情。接著她露出與年紀相符的純真笑容笑了起來。

「啊哈哈……什麼跟什麼嘛。那不能算答案吧……！」

「咦，會嗎？」

彩葉意外似的歪過頭，澄華則更顯愉快地笑彎了腰。

善一直擺臭臉看著澄華，卻突然將處於備戰狀態的劍刺了出去。

「鳴澤八尋，讓開！」

「——相樂……？」

強猛的龍氣迸發，大氣結凍。八尋蹦也似的回頭，還反射性地打算保護彩葉。

然而，善的攻擊並不是針對八尋而來。

彩葉與八尋的眼前立起了厚實冰牆，隨後飛來的無形子彈便將冰牆粉碎。風龍作為權能的衝擊波，山瀨道慈的神蝕能。

「……受不了，害我要多費手腳。」

山瀨將手上的數位攝影機換成了短刀，並且厭煩地搖頭。

先前他的從容已然消失，臉上浮現了精明狡猾的神情。那恐怕才是山瀨原本的面孔。一路從嚴酷戰場走來的強者特有的氣息，是八尋與善身上找不到的。

「算啦。簡單說就是儘奈彩葉干擾了地龍的召喚吧。既然如此，只要沒她這個人，事情就又能照著規劃走……！」

山瀨不假思索地揮刀。

產生的無數衝擊波同時朝八尋等人灑落。

將其擋下的是善。他操控地中水管殘餘的水分，接連引發水蒸氣爆炸，讓衝擊波的軌道偏離。

「山瀨道慈！你為什麼要支持統合體到這種地步……！」

「早說過了吧，我討厭不公平。」

山瀨回答了善的質疑。

在這段期間，兩人的搏鬥仍持續著。然而，戰況對善壓倒性不利。與龍人化的八尋交手已經讓善嚴重消耗，反觀山瀨幾乎沒有受傷。何況善還有必須一邊保護彩葉一邊作戰的枷鎖。

剛再生完畢的善又變得渾身是血，山瀨見狀便加緊攻勢。

「真相可不是俯拾即得！總會有人刻意設局讓你產生那樣的觀感！既然如此，由我們成為主導演出的一方又有什麼錯？」

「你要為了那種無聊的想法就殺害好幾億人嗎！」

在不停掀起的狂風當中，迴盪著善的吼聲。

山瀨嘲弄似的對這樣的善笑了。

「哈，相樂小弟，你還真是一板一眼。難道說，你屬於相信這世上有正義的那一型？」

「怎樣？」

「這世上哪會有正義啊。經歷過大殺戮，你居然還無法理解嗎？真夠蠢耶。除了我以外的人死得再多，與我又有何干？反正每個傢伙都是在真相朝著自己張牙舞爪之前，就只會看自己想看的東西的俗人。」

「唔！」

善突然吐血了。被血鎧包覆的他皮開肉綻，從中還冒出鮮血。善就像溺水一樣將嘴張開，痛苦地猛抓喉嚨。

善周圍的氣壓極度下降，使他肺泡破裂，而且光是體溫就足以讓血液沸騰。當然，善更不可能呼吸。縱使不死者擁有再優秀的再生能力，也無法在真空狀態下持續作戰。

「風龍的神蝕能【真空迴廊（Radio Valve）】。『因為這會讓死狀太慘，原本我可不想用』——哎，就當禮尚往來吧。『別怪我』。」

山瀨用挖苦的語氣告訴善。

這樣的他表情忽然僵掉了。

因為在善周圍製造真空狀態的龍捲狀風渦，突然熠熠生輝地燃燒起來。被可以讓神蝕能失效的淨化之焰一燒，山瀨的權能隨之消失。大氣洶湧地流入原本氣壓低落的善身邊，善猛烈咳了起來。

眼冒血絲的善抬頭仰望手中長刀纏著火焰的八尋。

是八尋用火龍的神蝕能燒穿山瀨的權能，幫助善脫離困境。

「喂喂喂，你怎麼保護起相樂啦，鳴澤八尋？這當中有沒有什麼誤解？那傢伙可是來殺你的耶。」

山瀨露骨地擺出不滿的表情瞪向八尋。

「有誤解的是你，山瀨道慈。」

八尋一邊慵懶地嘆氣，一邊來到山瀨的正面。

山瀨納悶似的挑眉。

「啥？」

「我對相樂懷著感謝，因為他讓我想起了遺忘的記憶。」

八尋不假思索地上前。

他跟山瀨的距離約為七公尺，並非短刀或日本刀能觸及的距離。

即使如此，這仍在雙方出手的間距之內。理解這一點的八尋靜靜告訴對方：

「多虧如此，我的腦袋輕鬆多了。這樣就能毫無牽掛地殺珠依。要攪局的話，你也是我的敵人。」

「簡單明瞭，不錯。我中意你，鳴澤八尋。既然如此，就算我站在你妹妹這邊，你也怨不得人！」

山瀨釋出壓縮的空氣子彈。

那顆無形子彈在爆發性膨脹後，化為衝擊波飛射而去。

八尋用自己發出的爆焰迎擊那道衝擊波。

可是，這時候山瀨已經繞到八尋的背後。荒謬的速度足以匹敵音速衝擊波。

「嘎啊……！」

近距離挨中衝擊波，使得八尋的身體浮起。然而山瀨的攻勢並沒有這樣就結束。他在自己的拳與刀纏上狂風，在緊貼狀態下連發衝擊波。八尋身披的血鎧碎裂，被打爆的肺臟湧出鮮血。

「你……那副模樣是……」

「啊，這個嗎？」

山瀨用漏風而難以聽辨的嗓音說道。

他身上披戴的並不是八尋或善的那種血鎧。

肌肉膨脹得近乎原本肉體的兩倍，表面覆滿了厚實鱗片。何止如此，連骨骼本身也開始有了變化。

就跟先前龍人化的八尋一模一樣。

不同的地方是山瀨即使在龍人化狀態也保有理性。

「你會喪失自我，是因為你想拒絕龍之力。接納龍氣不予抗拒，並且用自身意志去接近龍的話，不死者便能獲得強大力量。就像這樣！」

山瀨的身影再次消失。

化為疾風的山瀨身手無法捉摸。八尋從死角挨中強烈衝擊波，回過神時，已經被人從背後重叩倒地。

大概是三半規管遭到破壞，站都站不起來的八尋發出呻吟。

山瀨低頭看著倒在地上的八尋，笑了出來。

「還有意識啊？虧你撐得住……不過，換成這招呢？」

「嘎……啊……！」

宛如體內空氣被人強行抽出的異樣感覺，讓八尋猛抓胸膛。

視野變得朦朧，意識逐漸遠離。

可是全身的血管熱得像是被灌了滾沸的油。

「你知道嗎？光是大氣壓力減半，人類就會因為缺氧或高山症而輕易送命，即使是不死者也一樣。你就暫時在那裡『不停地死』吧。」

山瀨嘲弄人的說話聲聽來格外遙遠。

他的目的是除掉彩葉。

只要彩葉消失，八尋又會回到珠依的支配之下，到時候就沒有人可以干擾八尋的龍化。

所以山瀨才會打算殺她吧。

就算彩葉是龍之巫女，此刻龍人化的山瀨還是有能力殺她。哪怕彩葉派出幾百頭魍獸應戰，應該也傷不到山瀨分毫。

可是，即使明白這一點，彩葉眼裡仍然沒有懼色。

「八尋。」

彩葉勇敢地笑著叫了八尋的名字。

八尋像是被那聲音引導，幽然起身。

龍人化的山瀨確實很強，卻不會令人畏懼。

因為八尋知道還有實力更加過人的可怕強敵。

投刀塚透。蒙受雷龍（特利斯提帝亞）庇護，被稱為最強不死者的男人——

他肯定比現在的山瀨還強。

表示只要使出與投刀塚同等的力量，就可以打倒山瀨。

辦得到嗎？八尋自問。哪怕只有短短一瞬，自己是否能發揮出跟那個男人同等的力量？

「你辦得到。」

彩葉彷彿看透八尋的心思，用唇語告訴他。

八尋感覺自己聽見了她那充滿謎樣自信，又一如往常的嗓音。

龍人化的山瀨察覺八尋起身，因而回過頭。

山瀨令氣壓極端低落的權能依然有作用。八尋受其影響還能站起身，難免讓山瀨感到吃驚，但就算這樣，他並沒有認真提起戒心。

憑八尋的現狀不可能勝過龍人化的自己，山瀨有如此的把握。

他的把握並沒有錯。不，本來是沒錯的。

只要八尋沒有跟投刀塚交手，還見識過對方的實力。

山瀨的速度比投刀塚慢，他不及那個身手如雷光的男人。既然如此——

「燒光……這一切……！」

神蝕能發動。

快過山瀨身纏的狂風。八尋把自身肉體化為灼熱閃光，疾奔而過。

「啥？」

山瀨口中發出糊塗的聲音。

八尋從山瀨的視野中消失，來到他的背後。

化為異形的山瀨被斬斷的右臂落在地上，因而皺起整張臉。

八尋在錯身之際已經出刀，山瀨究竟有沒有察覺到這一點呢——

「搞什麼！你剛才的身手是……！」

山瀨回頭朝八尋施展攻擊。

先前無法比較的爆發性衝擊波朝八尋來襲，勢將殃及彩葉。

可是，山瀨的神蝕能在觸及八尋他們之前就消滅了。

清除得連痕跡都不留。

「怎會……有龍……這是啥名堂……？」

捨棄人樣的山瀨看似本能性地感到恐懼而後退。

八尋站在彩葉跟前，全身有濃密的龍氣如蜃景般升起。

那股龍氣在夜空描繪出奇妙的幻像。

那是條巨龍。看得見八尋身後有龍。全長達數十公尺的緋色巨龍幻影，像在守護八尋一樣浮現了。

「討厭……快住手，哥哥……！」

珠依仍然癱坐在地，像個無力的孩子軟弱地搖頭。

善與澄華屏著呼吸，茫然仰望浮在虛空的巨龍。

「要上嘍，八尋。」

彩葉細語般朝八尋喚道。

霎時間，宛如脫落的齒輪重新咬合，八尋體內有某種東西接通了。

壓倒性的龍之力與自己合而為一的感覺。將其納入手中的瞬間，八尋吼了出來。

「燒光這一切，【火龍】——！」

浮在虛空的巨龍幻影吐出火焰。

猶如太陽本身，灼熱的淨化之焰。那在轉眼間延燒開來，以耀眼光輝包裹了半徑數公里的範圍。爆炸的衝擊搖撼大地，火焰將夜空照得彷若白晝。

接著，灑落火焰的龍就跟現身時一樣，在轉眼間溶入虛空消失了。

然而這時候，地表的模樣已經面目全非。

八尋用地龍之力鑿穿的無數冥界門全都消滅得不留痕跡。

現場只剩大地焦爛的慘狀。化為熔岩的地面仍發出紅光，熔解而玻璃化的岩石散發星星般的光彩。

「怎麼……可能……」

山瀨站在熔化的地面中央，發出沙啞的聲音。

原本龍人化的他被轟掉大半肉體，才剛再生成原本的人類面貌。他的下半身沾著像破布一樣的衣物，剛恢復的肌肉正湧出白色蒸氣。

「雅！妳在搞什麼！給我更多力量！」

山瀨朝背後的雅怒吼。

他用的短刀已經熔化，無法再當成武器使用。即使如此，只要再次龍人化，就可以用堅韌的鉤爪戰鬥，還能使用操控大氣的神蝕能。山瀨應該是在主張這一點。

然而，雅並未回應山瀨的呼喚，只是默默將攝影機的鏡頭對著他。

「喂，妳在拍什麼？」

山瀨不耐煩地瞪向雅。

雅這時候才總算抬起臉，然後她靜靜搖頭。

「是你輸了，道慈。死心吧。」

「啥！妳說我輸給那種小鬼頭？」

「不，不是那樣的。我們早就輸了，在你奮發要揭開真相，卻害怕妙翅院迦樓羅而逃掉的那一天。」

雅說著撥起了蓋在自己臉頰上的頭髮。

她原本用長長瀏海遮著的右眼——

那並不是屬於人類之物。

具有縱長的細細瞳孔與瞬膜，如蛇一般的眼睛。龍之眼。

「雅小姐……妳……」

八尋靜靜地嘆了氣。

當雅用理應瘸了的左腿正常走路時——不，當她發揮超越人類的敏捷度躲開八尋的火焰時就可以察覺了。她的肉體跟三崎知流花一樣。

龍人化。

龍之巫女沒有像不死者那樣的再生能力，還動用超越極限的神蝕能，結果便是雅此刻的模樣。龍人化的肉體已經無法恢復人樣。

她提到了跟妙翅院迦樓羅的那一戰——

為了拯救當時落敗的山瀨，雅才會龍人化吧。

於是她失去了身為人的右眼與左腿。

然而，雅毫不羞愧地大方露出了自己的那副模樣並微笑。

「收手吧，道慈。當我們利用同是日本人的孩子們，還打算扭曲真相時，早就已經失去身為新聞工作者的資格了。」

「雅……妳在，說些什麼……？」

山瀨畏懼似的看向雅。

八尋從他身上感受到有某種東西正逐漸脫落。

跟神喜多天羽身亡時一樣。弒龍「英雄」身為不死者，會讓他們沒命的是「誓約」——「誓約」將在被打破的時候化為「詛咒」。

背棄跟龍之巫女的誓約時，不死者就會喪失不死之力。

「既然你那麼想拍攝龍的模樣，大可將自己的德性公諸於世，我會幫你。不過喪失不死者資格的你能否承受龍之力，我就不曉得了。」

「住手，雅！住手，住手啊——……！」

山瀨發出恐懼的哀號。

儘管山瀨不顧一切地想逃，卻跑不了幾步就腿抽筋而難看地跌倒。從雅身上灌入的龍氣支配山瀨的肉體，奪取了他的自由。

趴倒在地的山瀨背部隨之裂開。

接著從他的內側冒出了新的肉體。

與龍人化的八尋不同。

身為龍之器皿的不死者。有新的怪物咬破其肉體，準備誕生於世。那已經不能算是山瀨了，而是奪取山瀨軀殼化為實體的龍本身。

風起了。

東南西北，從全方位吹來的狂風被吸入龍的口中。

龍吞下那些風，並且逐漸茁壯。

以山瀨肉體造育出的龍，如今已膨脹成小牛的尺寸。

而且還不停巨大化。

其成長不知道會持續到何種地步。

全長將達十公尺、百公尺而後一公里。莫非其巨軀會匹敵四年前出現的地龍——足以籠罩這座城市。

可以確定的唯有一件事，那就是讓龍繼續成長下去的話，人類將不是對手，得趕在那之前將龍消滅。完全消滅。

「八尋。」

彩葉用和緩的嗓音喚了急得咬緊牙關的八尋。

八尋無意識地回頭，就被輕柔的芬芳香氣包裹住。

「彩葉？妳在做什麼？」

八尋對抵在自己臉頰的柔軟觸感產生困惑，並提出了疑問。因為從正面抱住八尋的彩葉正使勁把她自己的臉頰貼過來。

「問我在做什麼？這是擁抱啊，擁抱。」

「啥？」

「珞瑟她們不是一直在說嗎？我們感情要好的話，你的力量就會變強。乖乖乖，你很努力呢。」

彩葉彷彿在哄小孩一樣，摸摸他的頭。

儘管情況如此急迫，她的態度實在太我行我素，使得八尋近乎傻眼地嘆氣。

原本緊繃的肌肉隨之放鬆，恐懼與焦慮逐漸轉淡。

從身體深處一直到指尖，有種神經正一條一條逐漸覺醒的感覺。

「噗嗤……啊哈哈哈哈。這是哪招啊？彩葉，原來妳的同伴說過那種話喔？」

原本愣著的澄華忍俊不禁似的笑了出來。

「對啊。像上次也是，珠依還為了這個逼八尋吻她。」

彩葉不知怎地用嘔氣般的口吻說道。

妳還在記仇啊？如此表示的八尋板起臉。

「哦，接吻嗎？兄妹之間？啊，記得你們是不是沒有血緣關係？」

澄華訝異似的看向八尋。

從她毫無芥蒂笑著的表情已經看不出對八尋有敵意。

「原來有這招喔。那麼，我也來吻善好了。」

「停，別當著人前做這種事。」

澄華語帶捉弄地把臉湊過來，善就擺出一本正經的態度回絕。

「哦，只要不是當著人前就可以啊？」

澄華睜大眼睛，意外似的說了。

善默默從她面前轉開視線，然而他並沒有否定澄華說的話。

「抱歉，麻煩你們換個地方調情。」

在這裡會礙事——八尋對善他們撂話。

「你可沒資格這麼說，鳴澤八尋！」

善搶著回嘴，澄華則哈哈大笑出來。

而在八尋等人的眼前，大地迸裂了。

以往曾是山瀨道慈的怪物——風龍（依拉）發動了攻擊。

從龍顎釋出的衝擊波子彈針對彩葉而來。

『火龍——……跟那女人，一樣的力量……！』

山瀨用近似獸類低吼的沙啞聲音嘶喊。

風龍的全長已經超過十五公尺。

匹敵大型拖車的巨大身軀乘著狂風扶搖直上。

但是，大規模爆炸就在風龍頭上出現了。

水龍的權能——水蒸氣爆炸。善使用的神蝕能。

爆炸的衝擊讓風龍的巨軀摔落大地。風龍有意爬起，更被結凍的地面逐漸吞沒。那簡直像是束縛風龍四肢的冰鏈。

『相樂善……！你為什麼要替鳴澤八尋撐腰……！』

憤恨畢露的山瀨喊道。

山瀨現在的思路已經沒有邏輯可言。他只是湊合僅剩的零星知性，再任由情緒發洩出咒詛的言語罷了。

「因為我似乎是正義的一方。是你自己這麼說過的吧？」

善冷冷地告訴山瀨。

『為什麼……為什麼你們這些人，總是要來阻擾我……！』

風龍伴隨著咆哮灑落狂風。

被釘在地面的怪物使勁掙扎，身為風龍巫女的雅拿攝影機對著他。龍人化的雅右眼浮現了對山瀨的同情與鄙視。

『不准拍……不准拍我的模樣啊——————！』

彷彿害怕被人拍攝的山瀨扭身抵抗。

雅望著這樣的他，冷冷地笑了。

「假如要揭發別人的祕密，就該有被人揭發自身祕密的覺悟，這才叫公平！」

『閉嘴——————！』

再次張口的風龍打算吐出衝擊波。

然而，攻擊並沒有施展出來。

因為趕在那之前，八尋已經先發出爆焰轟掉了龍顎。

而且龍被破壞的肉體沒有展開修復，因為變成龍之器皿的山瀨早就被剝奪不死者的資格了。

此刻的山瀨只是個變成怪物的人類。而構成怪物核心的是山瀨留存於體內的「象徵寶器」——龍之巫女結晶化的血。

風龍持續巨大化的肉體受到火焰焚燒，開始崩解毀壞。

為了與其抗衡，山瀨打算吸納更多龍氣。

諷刺的是，結果那暴露了「象徵寶器」所在的位置。

跟偽龍化的萊馬特伯爵一樣。可是，有個部分與那時候不同。

風龍龍氣聚集得最為濃厚的位置，那裡有龍之核。

現在的八尋看得見。

「燒光這一切，【焰】——！」

八尋讓灼熱閃光乘在利刃之上，並且揮刀猛劈。

跟龍的巨軀相較，那短短一瞬的攻勢顯得太過渺小而靠不住。

然而，其攻勢引發的破壞甚為劇烈。

龍的巨軀冒出龜裂，從中到處湧出鮮血般濃密的龍氣。

超過十五公尺的巨大身軀伏倒於大地，強烈顫抖著。那是絕命前的痙攣現象。

不久龍的肉體就像承受不住本身的重量，開始崩解。

失去龍氣的細胞乾枯萎縮，像灰一樣乘著風逐漸被吹散。
崩解的連鎖並沒有就此停下。
在剔透如玻璃的灰當中，最後只剩山瀨萎縮得像老人一樣的身影。
「未免……太不公平了吧……」
聲音沙啞像寒風呼嘯的山瀨發出呻吟。
「誰管你。」
八尋同情般簡短告訴他。
山瀨自嘲地露出一絲笑容，下個瞬間便化為灰完全消失了。

5

「——山瀨道慈，死了嗎？」
善握著滿是傷痕的西洋劍嘀咕了一句。
自己被對方利用。
結果還被迫與原本敵視的八尋聯手。

而且跟自己同樣是不死者的山瀨就這麼死了。

靜靜的聲音裡蘊含著釐不清的無數情緒。

「怎麼樣，相樂善？接下來要殺我嗎？」

八尋瞪著善問道。

坦白講，八尋對善與澄華並無恨意。

如今他取回過去的記憶，反而認為他們會恨自己是當然的。

所以八尋不想跟他們打，甚至覺得死在對方手上也無妨。

八尋懷著的這份感傷，被彩葉突兀的聲音打了岔。

「相樂……啊啊！難道你就是擄走絢穗的犯人……！」

彩葉敵意畢露地瞪向善他們。

仔細想想，彩葉跟善他們是初次見面。換句話說，她連對方是誰都不明白，就跟善他們聯手了。

而且善他們似乎也察覺了這一點。善尷尬地閉緊嘴脣轉開視線，澄華猛然在眼前雙手合十。

「呃……對不起！可是，我們那麼做是有緣故的！」

「啥！還敢說緣故，難道妳以為那樣就能替綁架的行為開脫——」

彩葉橫眉豎目地準備逼近澄華。

寶貝妹妹遭受危險，使得彩葉的怒氣瀕臨爆發。包含有意殺八尋這件事在內，善他們給彩葉的印象糟到了極點。

然而，她沒有把氣出在善他們身上。

因為在彩葉眼前的八尋力竭似的跌了個踉蹌。

「欸……八尋！」

彩葉連忙抱穩差點倒地的八尋。

她的體溫感覺格外地熱。

這就表示八尋的身體已經像屍體一樣冷透了。

龍人化加上連番動用神蝕能，而且又流了太多血，此刻的八尋即將陷入死眠。

但是在那之前，八尋有非做不可的事。

「……我不要緊。重要的是，珠依在哪裡？」

八尋視線朝地形全然變樣的公園舊址繞了一圈。

到現在，珠依仍然希望讓大殺戮重演。既然認清了這一點，總不能放她逃走。畢竟沒人能斷言她不會再次利用八尋來召喚地龍。

「要找她的話，在這裡。」

黑長髮的美麗女子用溫和語氣喚了八尋。

捧著數位攝影機的雅腳邊倒著一個白髮少女。

橫躺著的珠依身上看不出有明顯外傷。她只是睡著了。

跟不死者的死眠類似。

目前珠依已經用盡生命力，陷入昏睡狀態。

「雅小姐……」

八尋表情嚴肅地瞪向站著像在保護珠依的雅。

「不要盯著……我現在的模樣……」

雅用打趣的口吻說道。

她那龍人化的右眼依然暴露在外。八尋並不覺得那有損對方的美貌，但他也沒機靈到懂得直接告訴她本人。

「說這種話，是我太自私了。對不起……」

雅看著遲疑的八尋，嘻嘻笑了出來。

表情爽朗得像是放下了執念。

不過，那也有種像是失去活下去的氣力，自暴自棄的感覺。要殺珠依的話，連自己一起殺吧——雅似乎隨時會說出這種話而令人堪憂。

「能不能請妳把珠依交出來？」

八尋用生硬的語氣問雅。

而問題的答覆從意外的方向傳來。

「那可不行。」

「——唔！」

男子的嗓音嚴肅地響起，讓八尋反射性擺出了架勢。善也重新握緊了劍。

毫無防備地從黑暗中走出來的，是個穿西裝的高大黑人。

「奧古斯托．尼森……！」

八尋叫了他的名字。

尼森身為統合體的代理者，同時也是珠依的護衛。

既然他出現在現場，要輕易殺珠依恐怕是不可能的。

最糟的情況下，會變成當場跟他開打。

然而八尋不知道尼森有什麼能力。

自己目前消耗甚鉅，也不保證能打倒他。

「你們殺了山瀨道慈啊。看來是到達八卦境界了。」

與殺氣騰騰的八尋呈對比，尼森用淡然的語氣嘀咕。

「八卦？」

對尼森這句話起反應的人是善。

「山瀨也提過同樣的字眼。你們說的八卦，是指什麼？」

「易有太極，是生兩儀，兩儀生四象，四象生八卦——所有神蝕能只要用到純熟，就能操控世界本身。八卦指的是那最初的一步。」

尼森用吟詩般的口吻回答。

善露出疑惑的表情之後沉默了。他大概沒有完全理解尼森所說的話，卻好像想到了什麼。

「把珠依交出來，尼森。」

八尋催生的巨龍幻影恐怕並不是毫無關聯。

八尋瞪著統合體的代理者說道。

尼森祖護珠依似的站著搖搖頭。

「抱歉，現在還不能讓你殺她。畢竟地龍的神蝕能仍有用處。」

「既然如此——」

「所以，我們願意降服於比利士藝廊。」

尼森先發制人地朝準備發動攻擊的八尋說道。

一瞬間，八尋聽不懂對方講了什麼，因而僵在原地。

「降服……？意思是你要投降？」

彩葉歪過頭問。尼森點頭，並且繼續說道：

「沒錯。而且我要求藝廊將鳴澤珠依當成俘虜，給予人道的待遇。」

「這算什麼跟什麼……」

八尋氣得聲音發抖。

對知道珠依危險性的八尋來說，尼森的要求太過單方面且不合理。那實在不是能接受的條件。

然而，彩葉卻爽快地認同尼森的主張。

「我知道了。就這樣約定嘍。」

「彩葉！」

「畢竟他說過不會逃了啊。我也有很多事情想問，這樣剛剛好。還是說，你要挑現在跟尼森先生打？贏得過嗎？」

以理服人的彩葉連珠炮般說了一大串，讓八尋無話可回。

若把八尋情緒上的問題擱到旁邊，尼森的提議對他們大有好處。

既不用跟至今底蘊未明的尼森交手，又可以確實抓到珠依當俘虜，反而利多得讓人懷疑當中是不是有陷阱。

「慢著，儘奈彩葉，放鳴澤珠依一條活路實在太危險。」

善急忙對彩葉的決定唱反調。

「就是嘛。妳怎麼擅自作主啊，我們才沒打算放過她。」

澄華也對善說的話表示同意。

善他們最為警戒的，就是珠依會再次引發大殺戮。在他們的立場看來，怎麼樣也不能認同讓珠依活著留在八尋身邊。

「……你的目的是什麼，尼森？統合體的代理者在盤算什麼？」

八尋瞪著尼森問道。利用山瀨等人讓珠依跟八尋接觸的，本來就是統合體。而尼森身為統合體的代理者，想必不會乖乖將珠依交讓出來。

然而，尼森的答覆對八尋等人來說卻出乎意料。

「救鳴澤珠依與統合體無關。這是天帝家的意思。」

「什麼？」

「天帝……家？」

八尋與彩葉各自發出糊塗的聲音。

他們不明白為什麼會在這種時候突然出現天帝家的名字。

但是冷靜想想，八尋便轉念認為這是有可能的事。因為他聽說過為了殺日本獨立評議會的神喜多天羽，派出投刀塚透的正是天帝家。

天帝家知道不死者的存在。

「沒錯，儘奈彩葉——不，櫛名田，黃泉的女王啊。」

尼森望著彩葉而非八尋說道。

「什……什麼？」

「我是奉天帝家的敕命行動。天帝家雖是統合體的成員，下任天帝人選妙翅院迦樓羅卻另有目的。她認為鳴澤珠依的能力是必須的。」

「……你說的迦樓羅小姐，有什麼目的？」

彩葉語帶困惑地問了尼森。

尼森愉快地瞇起眼睛。

「她要——報復。不對，應該稱作反攻吧。」

「咦？」

「讓所有變成魍獸的日本人恢復人樣，並將這個被奪走的國家搶回來。這就是她對統合體，還有這個世界的報復。」

尼森所說的內容異想天開，而且正因如此才有股莫名的真實感。

八尋連要攻擊他都忘了，只能無語地茫然杵著不動。

終幕 Epilogue

THE HOLLOW REGALIA

EPILOGUE

在橫濱要塞地下的車輛基地，被灰色鋼板覆蓋的列車正在進行最後的檢驗。

比利士藝廊擁有的裝甲列車「搖光星」。

十六輛編制的車輛大多都設有對付魍獸用的重火器，還搭載了複數的無人攻擊機以及裝甲戰鬥車輛（AFV）。載著一支小隊的戰鬥員，在無補給的條件下最久可以從事約兩週的戰鬥行動，簡直可謂行駛於地表的要塞。

而裝甲列車正準備出發。

目的地是過去被稱為京都的都市。

在京都市北方的山中，有一塊由天帝家治理的土地。

只有那裡沒被他國軍隊入侵，至今仍保有日本國的自治獨立。因為該地受到魍獸與「象徵寶器」保護。

身為下任天帝人選的妙翅院迦樓羅這名女子，正在那塊土地圖謀復興日本而有所行動。

連結盟對象統合體都要瞞過去——

這就是奧古斯托．尼森帶來的情報。

獲得這項情報後，茱麗與比利士藝廊的眾人為了確認情報真偽，立刻決定前往京都。

假如真的可以讓魍獸化的日本人變回人類，八尋他們沒有不協助迦樓羅的選擇。

對身為軍火商的藝廊來說，能跟天帝家搭上線也很吸引人。

萬一名為日本的國家復活，為了取回被世界各國分據的土地，必然需要大量武器。

此外，彩葉的身分被山瀨道慈傳出去的問題也還沒解決。

藝廊基地在上回的戰鬥大受損害，下次遭受襲擊時很有可能保護不了彩葉。說來在基地修繕完成前，將彩葉帶離橫濱會比較好。從這層意義而言，這次的京都行也算是時機妥當。

「──欸，你們兩個就搭便車一起去嘛。」

而彩葉在車輛基地的月台上朝著善與澄華喚道。

橫濱出現大量魍獸以後已經過了三天。換句話說，八尋跟善他們了結那場戰鬥後，也經過了相同的天數。

這段期間，善與澄華都以客人的身分滯留於藝廊。

他們是為了旁聽成為俘虜的尼森接受審問。畢竟對同為日本人的善與澄華來說，妙翅院迦樓羅的日本復興計畫亦非與己無關。

然而彩葉相邀一起去京都，他們倆卻沒有答應。

「鐵路旅行嗎～～……我是有點感興趣啦～～」

澄華依依不捨地望著灰色裝甲列車說道。

「感謝妳的提議，不過心領了。因為舞坂雅的下落令人在意。」

善依舊用正經八百的語氣回話。

當八尋等人顧著自願成為藝廊俘虜的珠依與尼森，身為風龍巫女的舞坂雅在這段期間就不知不覺消失了蹤影。她已失去身為不死者的山瀨道慈，眾人判斷危險性低而有所鬆懈，才讓她有機可乘。

即使山瀨死了，雅本身作為龍之巫女的力量仍未消失。

況且她還帶著收錄了八尋龍人化以後鑿穿冥界門，將眾多魍獸召喚出來的影片檔案。

目前那段影片並沒有被上傳到影片發表網站，就算這樣也不能放著她不管。因此善他們似乎決定在去京都之前要先抓住雅。

「這樣啊～～……我本來想答謝你們救了絢穗耶。」

彩葉由衷感到惋惜似的嘆氣。

善與澄華綁架了絢穗固然是事實，但在那之前他們還擊退法夫納兵救了絢穗一命。從絢穗本人口中聽說這件事之後，彩葉對他們倆的印象已經大幅改善。總算遇到同齡層的日本人，似乎也讓彩葉跟澄華特別親近。

另一方面，八尋與善相處起來依然留有莫名的距離感。

「真的不用殺我嗎？」

八尋正色問善。

善拎著西洋劍，另一邊的八尋手無寸鐵。然而，善並沒有對八尋展現敵意。

「這是優先順序的問題。」

善用說明的口吻答話，簡直像在自我說服。

「我並不是原諒了你的罪過，但我要先確認那男人說的話是否屬實。」

「尼森嗎……」

八尋用感嘆般的嗓音嘀咕。

鳴澤珠依自從成為藝廊的俘虜，就一次也沒有醒來，始終沉睡著。

照尼森的說法，似乎從以前就證實過珠依會週期性進入昏睡狀態。據說其睡眠短則幾天，長就會持續數個月以上。

由於珠依進入了休眠期，尼森才得以向八尋等人托出迦樓羅的計畫。

而尼森已經在裝甲列車上分到了一個房間，會跟著藝廊成員去京都。

尼森身邊當然有派人監視，但他的行動並未受到限制。畢竟尼森會操控地龍權能，要囚禁他根本不可能。

「假使魍獸的真面目是日本人，你覺得真的能讓所有人活過來嗎？」

善望著八尋問道。

天曉得——八尋聳了聳肩。

既然被魍獸傷害的人類會變成魍獸，即使有類似的方法能讓魍獸變回人類也不足為奇。但是，也沒有確切可行的保證。

「不過，假如尼森所言屬實，他會表示不能殺珠依也就說得通了。」

「……也對。」

八尋說的話讓善不情願地跟著表示贊同。

據說變成魍獸的日本人大多被關在名為冥界的異空間。而通往冥界的道路，只有身為地龍巫女的珠依能打開。在妙翅院迦樓羅的計畫中，珠依是不可或缺的存在。

「所以，我判斷在那之前有必要讓你們先活著，無論是你或鳴澤珠依都一樣。不過，萬一你又變成龍，到時候——」

「呵呵呵，你放心。因為我會把八尋照顧得好好的！」

彩葉打斷善的發言，並強勢地挺起胸。

善回望充滿謎樣自信的彩葉，首度露出了不安的臉色。

「……可以信任她嗎？」

「呃，別問我這種問題啦。」

善壓低音量問八尋，而八尋尷尬似的轉開視線。

彩葉像是不服氣地挑起眉毛。

「咦，為什麼要懷疑我啊？這次的事情，我覺得自己付出了非常多耶……！」

「啊哈哈。就是說嘛。」

澄華開心地放聲笑了。

接著她貼向八尋，用手肘頂了他幾下。彩葉見狀就微微板起臉，不過澄華恐怕是明知道她會這樣才故意做的吧。

「她奮不顧身救了你耶。你女朋友不錯嘛，要珍惜她喔。」

「彩葉不是我的女朋友。」

八尋一臉不高興地糾正澄華。

咦——澄華露出不服的表情。

「什麼話嘛。啊……難道說，你覺得自己是大殺戮的關係者，就沒資格喜歡別人？」

「咦，是嗎！原來你都是那麼想的？」

彩葉嚇了一跳似的睜大眼睛。不知怎地，她看起來有點生氣，那或許是對始終感到自責而畫地自限的八尋感到傻眼。

八尋卻厭煩似的吐氣。

「哪有什麼想不想的，實際上就是那樣吧。你們之前還不是想殺我？」

「那碼歸那碼，這碼歸這碼啊。」

澄華對八尋的質疑回以不負責任的話語。

「哪門子的道理……」

八尋在困惑間好不容易才回了這句話。

就算善或澄華原諒八尋，八尋也無法原諒自己。

那一天，八尋下不了手殺珠依，就害死了好幾千萬人。

就算他們當中有幾成的人變為魍獸活了下來，也不代表自己的罪就能得到寬恕。八尋是如此想的。

可是，彩葉看著這樣的八尋，並且告訴他：

「我會原諒你喔。」

「啥？」

「就算你不能原諒自己，我也會原諒你……畢竟，我們約定過了嘛。」

彩葉豎起自己右手的小指微笑。

她那樣的表情跟纏滿繃帶的消瘦少女的臉孔重疊在一起。

據說彩葉沒有小時候的記憶。她表示自己不曉得父母兄弟姊妹的長相，在大殺戮發生之前，她都在某座設施生活。

那座設施——也就是研究所，八尋恐怕知道是哪裡。

因為珠依以前都會去那裡。

八尋就是在那裡被珠依拿刀捅，然後認識了她。

「難道說，妳都不記得……？」

「咦，什麼？你是指什麼？」

彩葉愣愣地歪頭，表情顯得著實不懂八尋在說什麼。

「呃，不重要。沒什麼啦。」

八尋搖頭微微地苦笑。

無論彩葉記得或忘了都沒關係。

反正八尋在那天，還有彼此重逢以後，都跟她做了一樣的約定。

我不會殺妳。如果，妳討厭孤單——我會陪在妳身邊。

「咦～～……是雅格麗娜耶。怎麼了？」

一瞬間，八尋困在過去的記憶裡，然後因為茱麗的聲音從背後傳來而回神。

在搖光星停靠的月台，穿著連合會制服的雅格麗娜・傑洛瓦就站在柱子後頭。眼尖發現她的茱麗便過去搭話。

「妳是專程來送行的嗎？有情有義呢。」

珞瑟用挖苦般的語氣說道。

「身為連合會的幹部，監督旗下企業人員進出是當然的義務吧。這才不是對妳們的特殊待遇。」

雅格麗娜用辯解味道濃厚的語氣回答。

接著她咳了一聲清嗓，然後紅著臉轉向彩葉。

「不過，姑且讓我先道謝。這次魍獸侵襲的災情能得到一定程度的控制，都是托妳的福，儘奈彩葉，感謝妳。」

「啊，哪裡。我做得不多，單純是那些孩子都有乖乖聽話。」

彩葉難得謙虛地回話。

在彩葉的命令下，襲擊橫濱的幾百頭魍獸集體回到冥界門當中。因為被八尋所喚出的龍之焰燒過以後，還是有幾道冥界門留了下來。以結果而言，橫濱等於是被彩葉獨自拯救了。

「那些孩子嗎……」

雅格麗娜帶著複雜的表情嘀咕。

連幹練傭兵們都怕的魍獸被彩葉稱呼得像是親近人類的寵物——彩葉對這樣的異常性並沒有自覺。雅格麗娜察覺到那有多麼令人擔憂。

「但是，因為這次的事件，眾魍獸的真面目是人類這一點已經廣為人知，有人能統率那些魍獸的事實亦然。妳可千萬別忘記。」

「啊～～……好的。不要緊，我做了喬裝的萬全準備，妳看。」

彩葉說著就從上衣口袋拿出了沒度數的平光眼鏡，還得意地挺胸。單純換造型一看就會穿幫，連喬裝都稱不上，不知怎地彩葉卻似乎真心相信這樣便不會被人認出。

雅格麗娜這次顯然愁眉苦臉地看向八尋。

你也很辛苦啊——她的眼神同情似的這麼道來。

猛一看，善也跟雅格麗娜露出了同樣的表情，只有澄華捧著肚子笑不停。

「看來完成出發的準備了呢。」

珞瑟確認過裝甲列車的貨艙已經關上，然後說道。

「掰嘍，雅格麗娜。送行辛苦了。」

「我說過自己不是來送行的啦！」

茱麗故作熟稔地搭話，雅格麗娜因而反駁。

一回神，善與澄華的身影都消失了。

反正他們到最後也要前往京都，遲早會重逢才對。

屆時他們將是八尋等人的敵人還是夥伴，現在還不知道——

「走吧，八尋。」

彩葉用自己的手臂勾住八尋的手臂，並且說道。

「好。」

八尋被她拖著，搭上了列車。

儘管八尋覺得走路不方便，到最後卻都無意甩開彩葉的手臂。

†

灰色裝甲列車發出沉重的聲響啟程。

彩葉的弟妹們緊挨著彼此肩膀，從裝甲列車特有的狹窄窗口望著外頭的景色。他們也會跟八尋等人一道前往京都。

絢穗在狹窄的睡鋪上聽著弟妹們歡笑的聲音。

她跟彩葉等人說過，自己有點累所以想睡。

但是，就算閉上眼睛也感受不到睡意。

回想起來的是眾多魍獸侵襲橫濱那一夜的事。

當八尋趕來救被綁架的自己，然後因為龍人化而痛苦時，她還是什麼都辦不到。她只是待在雅格麗娜搭乘的裝甲車裡發抖。

那段絕望的時光，卻因為彩葉出現而一舉改變。

騎著鵺丸登場的彩葉將八尋變回人樣，還光明正大地跟操控他的鳴澤珠依周旋。

然後彩葉將於橫濱湧現的魍獸送回冥界，替冥界門善後。

這段期間，絢穗什麼也沒有做到。

她只是在戰鬥結束的前一刻，從遠處望著八尋與彩葉相擁的身影。

明明八尋是趕來救絢穗的。

待在他身邊的其實應該是自己才對。

假如自己跟彩葉有相同的力量，是不是就能改變什麼？

只要自己有龍之巫女的力量——

「……咦？」

絢穗感覺到有東西「怦通」地搏動，因而睜開眼睛。

她嚇得撐起上半身，並且看向那東西。

搏動的源頭，是一顆讓人聯想到寶珠的深紅之石。

八尋把那交給她保管，她還約好要做個可以裝它的東西。

那顆小小的石頭正在震動。

怦通、怦通地。

宛如在胸腔中心搏動的心臟。

「這是……什麼……？」

絢穗茫然嘀咕。

她覺得那既恐怖又詭異。

然而，它的美卻更吸引絢穗的目光。

跟那深紅色的塊狀物體產生共鳴，在自己的內心深處——有東西在自我根源的部分顫動著。

絢穗並不知道，那顆石頭被稱作「寶器」。

不過她像是被深紅色光彩迷住，就緊握著那顆石頭，然後緊擁於胸口。

好像聽得見在某處有巨獸的咆哮。

灰色裝甲列車就這樣載著絢穗與「寶器」，穿過廢墟城市，逐漸朝西方加速而去。

後記

在第二集最後的下集預告，似乎有寫到第三集會在二〇二二年的春天出爐，這本書卻是在六月推出……所以嘍，六月……並不算春天呢。

之所以會耽擱到上市時間，也有要同時兼顧別的系列這樣的外因，但對於願意期待的各位讀者，我必須誠摯地致歉。

哎，要說的話，從上一集到這一集推出花了半年時間，本來就是個問題。雖然成為大人以後往往會陷入半年在轉眼間就會過去的錯覺，實際上卻沒有那種事。像我本身就體驗過好幾次「等不及熱愛的作品出續集」這樣的心情，因此都會希望能盡快交出續刊。這次便痛切感受到要更努力改善才行。我正在反省！

就這樣，已向各位奉上《虛位王權》第三集。

副標「All Hell Breaks Loose」是指「陷入大混亂」、「造成大騷動」的慣用句，但這次我是以直譯「地獄同時開啟」的語感來使用。讀過正篇的各位想必已經明白其中理由。

談到本集的內容，這次算解謎篇。名為統合體的組織的目的、妙翅院迦樓羅與天帝家的定位，還有八尋與珠依的過去，感覺有許多謎團都一口氣被解開了。

另一方面，由於篇幅被這些部分占去，日常橋段就稍微少了點。尤其是八尋與彩葉的互動寫得不多讓我耿耿於懷。相對地，就有別的女生賣力表現，卻也讓人覺得局面不平靜。

實際上關於《虛位王權》的內容，要是任其發展，每次都會無限增殖，讓我苦思要怎麼樣刪減頁數。畢竟想深掘的角色還多得是，想寫的劇情也實在太多。

改進出版的步調還有這部分，是我希望一併設法解決的問題。總之，戀愛喜劇成分不足讓我很難受，暫且是希望可以找外傳之類的機會來補強。

負責繪製插畫的深遊老師，謝謝您這次也將本作的世界觀與角色繪製得極富魅力。誠摯感謝。新角色的造型全都棒極了！

還有參與製作／發行本書的相關人士，我也要由衷感謝你們。

對於讀完本書的各位讀者，我當然也要致上最高的謝意。

那麼，但願我們還能在下一集相會。

三雲岳斗

04

Where Angels Fear To Tread

虛位王權

THE HOLLOW REGALIA

敬請期待

舞坂雅

Miyabi Maisaka

年齡	26	生日	10/15
身高	164cm		

風龍依拉的巫女。志當記者，在大殺戮發生前曾以新聞節目的主播身分活躍。在大學選美比賽也拿過冠軍，是個才色兼具的女性，現在卻因為受傷而拄著手杖，總是遮住右眼。

山瀨道慈

Douzi Yamase

年齡	28	生日	6/2
身高	168cm		

與雅訂契約的不死者男子。用「山道」的名義上傳影片，揭發各種企業團體的弊病。本職為新聞攝影師，抱持著為傳達真相可以不擇手段的想法，後來逐漸走向連真相都可以扭曲的作風。

CONFIDENTIAL

清瀧澄華
Sumika Kiyotaki

年齡	18	生日	5/9
身高	158cm		

水龍艾希帝亞的巫女。積極開朗，講究實際。龍之巫女的能力覺醒較晚，在大殺戮後有兩年左右是以常人之身投靠娼館。四年前出現的地龍的目擊者，對鳴澤兄妹懷有強烈的憤怒。

相樂善
Zen Sagara

年齡	17	生日	11/21
身高	180cm		

與澄華訂下契約的不死者青年。富正義感、個性耿直，但也有頭腦頑固而不知變通的一面。大殺戮發生時就讀於海外的名門寄宿學校，回日本之際有過一段嚴酷的經歷。從小學習西洋劍，原本被認為有望成為將來的日本代表。

安德烈亞・比利士
Andrea Berith

年齡	29	生日	4/28
身高	179cm		

比利士藝廊大洋洲分部的執行幹部，戶籍上相當於茱麗及珞瑟的哥哥。雖然是調整成指揮官型的強化人，情緒穩定性卻有問題。自尊心強的白人至上主義者，對身為東洋女性，能力卻比自己優秀的茱麗她們懷有恨意。

恩莉凱特・比利士
Enriqueta Berith

年齡	16	生日	6/13
身高	157cm		

從與茱麗、珞瑟同一款複製胚胎製造出來的強化人，基於方便，就被稱為她們的妹妹。屬於專精戰鬥的個體，近身戰鬥能力高過茱麗她們。另一方面，思考力及狀況判斷能力則大為遜色，被當成失敗作撥用為安德烈亞的護衛。

GALERIE
BERITH

孩子們

在有魍獸徘徊的二十三區的小石川後樂園受彩葉保護，一同生活的孩子們。目前則在比利士藝廊的保護之下。

附錄漫畫

你們兩個居然綁架絢穗，不能原諒!!
氣呼呼
對不起啦～
他們在那之前有救過我喔。
彩葉姊姊。
冒出
不好意思。
這是賠罪的一點小心意。
NYAN
善的手工餅乾（貓型）
好可愛。
好可愛。
達成和解。

噬血狂襲APPEND 1~3 待續

Kadokawa Fantastic Novels

作者：三雲岳斗　插畫：マニャ子

眾所期待的番外篇第三集，
收錄了十五篇短篇、極短篇與附錄內容。

古城與雪菜拜訪了「高神之杜」，他們會遇到什麼古怪事件？〈樂園的婚禮鐘聲〉。徘徊街頭尋找第四真祖的翹家少女遇見了一個奇妙的小學生？〈普通的我也有奇遇……〉。古城主動邀雪菜到咖啡廳，要談關於將來的事？〈不適合第四真祖的職業〉。

各 **NT$200~220/HK$67~73**

這是妳與我的最後戰場，或是開創世界的聖戰 1~12 待續

Kadokawa Fantastic Novels

作者：細音 啓　插畫：猫鍋蒼

強者們群集的帝國，將化為熾烈的戰場！
愛麗絲，妳的身邊可有守護在側的騎士？

愛麗絲追蹤著覺醒的始祖，終於抵達了帝國。為了實現自己所期盼的和平，她試圖阻止失控的始祖，但看到的卻是姊姊今非昔比的模樣。而化身為真正魔女的伊莉蒂雅和反叛的使徒聖約海姆計劃毀滅帝國與皇廳。超人氣奇幻故事，白熱化的第十二集！

各 **NT$200~240/HK$67~80**

戰鬥員派遣中！ 1~7 待續

Kadokawa Fantastic Novels

作者：暁なつめ　插畫：カカオ・ランタン

愛麗絲將如月最強戰力業火之彼列召喚而來！
沒想到卻發生了連愛麗絲都臉色鐵青的慘事！

六號讓自稱「正義使者」的山寨集團柊木吃了一記邪惡之槌，也成功收回資源。原以為事情告一段落，卻得知有個雙腳步行、會喵喵叫的超強貓科魔獸搶走了某個國家的國寶。而且破頭族小妹還跑到基地小鎮請求支援——要跟龍族對戰！動盪不安的第七集！

各 NT$200~250/HK$67~83

王者的求婚 1~2 待續

Kadokawa Fantastic Novels

作者：橘公司　插畫：つなこ

當紅直播主鴉嶋喰良要來爭奪無色？
以女朋友之位為賭注的魔術交流戰登場。

無色被選為代表，要和另一所魔術師培育機構〈影之樓閣〉展開交流戰。魔術師專用影片分享網站的當紅直播主鴉嶋喰良昭告天下，說無色是她的男友？無色決定以彩禍之姿參加交流戰——〈樓閣〉代表喰良以無色女友之位為賭注，向彩禍下了戰帖——

各 **NT$240/HK$80**

怕痛的我，把防禦力點滿就對了 1~15 待續

Kadokawa Fantastic Novels

作者：夕蜜柑　插畫：狐印

對抗戰進入白熱化連頂尖玩家也退場！
敵軍將梅普露設為頭號目標還以顏色！

嚴苛無比的大規模對抗戰開始還不到一天就白熱化，連頂尖玩家也一個接一個地退場！只以梅普露、莎莉、芙蕾德麗卡等三人執行的閃電戰術，使敵陣大為混亂。

認識到梅普露果真是頭號目標後，敵軍也還以顏色……！

各 **NT$200~230/HK$60~77**

我想成為影之強者！ 1~5 待續

Kadokawa Fantastic Novels

作者：逢沢大介　插畫：東西

教團企圖解放迪亞布羅斯的右手，
神出鬼沒的闇影大人當然不會坐視不管！

在安穩的米德加魔劍士學園裡，數名學生竟然接連下落不明。於是七影之一潔塔展開調查，席德也跟著亞蕾克西雅潛入姊姊克萊兒的房間，卻在空無一人的地方發現不為人知的黑歷史！整起事件背後，迪亞布羅斯教團圓桌騎士第五席也在蠢蠢欲動……

各 **NT$260/HK$87**

國家圖書館出版品預行編目資料

虛位王權 3 All hell breaks loose / 三雲岳斗作；鄭人彥譯. -- 初版. -- 臺北市：臺灣角川股份有限公司, 2023.07

面；　公分

譯自：虚ろなるレガリア 3 All hell breaks loose

ISBN 978-626-352-695-2(平裝)

861.57　　112007619

Kadokawa
Fantastic
Novels

虛位王權 3
All Hell Breaks Loose

（原著名：虚ろなるレガリア 3 All Hell Breaks Loose）

2023年7月24日　初版第1刷發行

作者：三雲岳斗
插畫：深遊
譯者：鄭人彥

發行人：岩崎剛人
總編輯：蔡佩芬
編輯：孫千棻
美術設計：莊捷寧
印務：李明修（主任）、張加恩（主任）、張凱棋

發行所：台灣角川股份有限公司
地址：104台北市中山區松江路223號3樓
電話：（02）2515-3000
傳真：（02）2515-0033
網址：www.kadokawa.com.tw
劃撥帳戶：台灣角川股份有限公司
劃撥帳號：19487412
法律顧問：有澤法律事務所
製版：巨茂科技印刷有限公司
ISBN：978-626-352-695-2

UTSURONARU REGALIA Vol.3 All Hell Breaks Loose
©Gakuto Mikumo 2022
Edited by 電撃文庫
First published in Japan in 2022 by KADOKAWA CORPORATION, Tokyo.
Complex Chinese translation rights arranged with KADOKAWA CORPORATION, Tokyo.